屠格涅夫长篇小说

伊万·谢尔盖耶维奇·屠格涅夫（1818—1883）是中国读者喜爱的俄国作家，被茅盾先生称为"诗意的写实家"。

早在一九一五年，屠格涅夫的作品就进入了中国。瞿秋白在屠格涅夫的作品中感受到"时代情绪"，郑振铎在他的小说中欣赏到"结构与文词的精美"，郁达夫"在许多古今大小的外国作家里"觉得屠格涅夫"最可爱、最熟悉"，巴金、耿济之等翻译大师都把屠格涅夫的作品列入自己的翻译计划。

从一八五五年到一八七六年，屠格涅夫连续创作了《罗亭》《贵族之家》《前夜》《父与子》《烟》《处女地》，这六部长篇小说都敏锐地捕捉到典型的、新兴的时代风向标，因而被称为"十九世纪俄国社会思想的艺术编年史"，茅盾先生曾说，它们"活生生地把俄国社会的形状现出，写新思想和旧思想的冲突，更把自己的灵感和观察灌到新青年的脑里去"。

这六部小说进入中国大概有一百年了，不仅影响了鲁迅、巴金、郁达夫、冯骥才等作家，也一直深受中国广大读者的喜爱。

《罗亭》

在小说《罗亭》中,屠格涅夫以思想家米哈伊尔·巴枯宁为原型,为俄罗斯文学中的"多余人"画廊贡献了一个新形象。

作为十九世纪四十年代俄国贵族知识分子的代表,一方面,罗亭聪明而又热情,他潜心研究哲学,思想先进,能言善辩,立志要干一番事业。当他偶然出现在拉松斯卡娅夫人的庄园,一下就征服了众人,赢得了贵族少女娜塔莎的芳心。另一方面,罗亭倾向于谈论抽象问题,而不能落到实处,他始终是个"语言的巨人",即使他对娜塔莎心生爱慕,但面对娜塔莎纯洁而热烈的爱情,他还是犹豫再三,最终退缩。但是,罗亭没有停止追求理想的脚步,最后在一八四八年巴黎工人的起义中画上了人生的句号,这个悲壮的结局不仅给罗亭增添了一抹亮色,而且表达了屠格涅夫对未来社会的希望。罗亭所代言的贵族自由主义者,其实是资产阶级化的俄国贵族,在十九世纪四十年代刚出现的时候具有进步意义。

《罗亭》是屠格涅夫的长篇小说处女作,也是他唯一一部以男主人公姓氏命名的小说。就艺术结构而言,《罗亭》是屠格涅夫长篇小说的典范:人物关系简单,线索明确,结构紧凑,描写和议论朴素而自然。

Рудин

罗亭

［俄］**屠格涅夫** 著

磊然 译

人民文学出版社

据 И.С. Тургенев. Собрание сочинений в двенадцати томах. Том 2. (М.: Гослитиздат, 1954）译

图书在版编目（CIP）数据

罗亭／（俄罗斯）屠格涅夫著；磊然译 .—北京：人民文学出版社，2023
（屠格涅夫长篇小说）
ISBN 978-7-02-017831-5

Ⅰ.①罗… Ⅱ.①屠… ②磊… Ⅲ.①长篇小说—俄罗斯—近代 Ⅳ.①I512.44

中国国家版本馆CIP数据核字（2023）第036608号

责任编辑	李丹丹
装帧设计	陶　雷
责任印制	张　娜

出版发行	人民文学出版社
社　　址	北京市朝内大街166号
邮政编码	100705
印　　刷	北京盛通印刷股份有限公司
经　　销	全国新华书店等
字　　数	113千字
开　　本	850毫米×1168毫米　1/32
印　　张	7.375　插页7
印　　数	1—4000
版　　次	1990年8月北京第1版
印　　次	2023年10月第1次印刷
书　　号	978-7-02-017831-5
定　　价	76.00元

如有印装质量问题，请与本社图书销售中心调换。电话：010-65233595

是一个宁静的夏日的早晨。太阳已经高悬在晴朗的天空,但是田野里还闪烁着露珠,从醒来不久的山谷里送来阵阵清新的芳香,在还是带露的、没有喧声的树林里,早醒的小鸟在快活地高唱。在一个地势平缓的小山坡上,从上到下遍地都是刚刚扬花的黑麦,可以看到,山顶上有一个小小的村子。一个少妇正沿着窄窄的乡间小道向这个小村走去。她身穿白色薄纱长衣,头戴圆草帽,撑着小阳伞。一个小僮远远地跟在她后面。

她悠然自得地走着,似乎在领略散步的乐趣。四周是高高的、摆动的黑麦,连绵的麦浪带着柔和的沙沙声起伏着,时而泛着银绿,时而皱起略带红色的微波,云雀在高处啭鸣。少妇是从她家的村子出来的,这村子离她现在要去的小村相隔不过一俄里①。她名叫亚历山德拉·帕夫洛夫娜·利平娜,是个相当富有的寡妇,没有子女。她和她的弟弟,退役的骑兵上尉谢尔盖·帕夫里奇·沃伦采夫,住在一起。他还没有结婚,替她管理产业。

亚历山德拉·帕夫洛夫娜来到小村,在村头一座破旧不堪的、低矮的小屋前站住。她把小僮叫过来,让他进屋去探问女主人的健康情况。小僮很快就出来了,一个胡子雪白的衰老的农民陪他一同走出来。

"嗳,怎么样?"亚历山德拉·帕夫洛夫娜问。

"她还活着……"老头儿说。

"我可以进去吗?"

"怎么不可以?可以。"

亚历山德拉·帕夫洛夫娜走进小屋。屋里很窄小,烟雾腾腾,令人感到燠闷……火炕上有人开始蠕动,呻吟起来。亚历山德拉·帕夫洛夫娜环顾了一下,在昏暗中看到一个老妇人的满是皱纹的蜡黄的脸。那老妇人头上包着格子布头巾,一件沉重的粗呢大衣一直盖到她的胸口,她困难地

① 1俄里合1.067公里。

呼吸着，无力地摊开两只骨瘦如柴的手。

亚历山德拉·帕夫洛夫娜走到老妇人跟前，用手指摸了摸她的额头……额头烫得厉害。

"你觉得怎么样，马特廖娜？"她向火炕弯下身子，问道。

"哎哟！"老妇人仔细看了看亚历山德拉·帕夫洛夫娜，呻吟了一声，"不行啦，不行啦，我的亲人！我的大限到了，我亲爱的！"

"上帝是仁慈的，马特廖娜：或许你的病会好起来。我叫人送给你的药，你吃了吗？"

老妇人伤心地呻吟起来，没有回答。她没有听清楚问她的话。

"吃了。"站在门边的老头儿说。

亚历山德拉·帕夫洛夫娜转过脸对着他。

"除了你，她身边就没有别人陪她吗？"她问。

"有个小妞，是她的孙女，可是她老要跑开，一刻也坐不住。连拿点儿水给奶奶喝，她都懒得干。我又老了：能有啥用？"

"要不要把她送到我的医院里去？"

"不用！干吗送医院！反正是要死的。她也活够了；可见,这是上帝的意思。她离不开炕。她哪能去医院!只要一搬动,就要送她的命。"

"哎哟,"病人呻吟起来,"我的漂亮的好太太,别把我那没爹没娘的小孙女儿丢下不管:我们的主人住得远,可你……"

老妇人没有说下去。她说话太费劲了。

"你放心吧。"亚历山德拉·帕夫洛夫娜说。"样样都会给你办妥。你瞧,我给你拿了点儿茶叶和白糖来。你要是想喝,就喝一点儿……你们这儿有茶炊吗?"她望了望老头儿,又说。

"茶炊么?我们没有茶炊,不过可以弄到。"

"那你就去弄一个,要不,我把我家的送来。告诉她的孙女,叫她别老跑开。对她说,这样做是丢人的。"

老头儿没有回答,双手接过了包着茶叶和白糖的纸包。

"好啦,再见吧,马特廖娜!"亚历山德拉·帕夫洛夫娜说,"我还要再来看你,你不要灰心,要按时吃药……"

老妇人微微抬起头来,向亚历山德拉·帕夫洛夫娜伸出手去。

"太太,把你的手给我。"她含混不清地说。

亚历山德拉·帕夫洛夫娜没有把手伸给她，只是俯下身去吻了吻她的额头。

"你要记住，"她走出去的时候对老头说，"一定要给她吃药，照药方上写的……茶也要给她喝……"

老头仍旧没有回答，只是鞠了个躬。

亚历山德拉·帕夫洛夫娜到了外面新鲜空气里，尽情地呼吸了一下。她撑开阳伞，正要走回家去，忽然从屋角后面出来一辆低矮的两轮轻便马车，车上坐着一个三十来岁的男子，身穿灰麻布的旧大衣，戴着同样料子的便帽。他一看到亚历山德拉·帕夫洛夫娜，立刻勒住了马，朝她转过脸来。他的脸很宽，没有血色，一双浅灰色的小眼睛和两撇浅白色的小胡子，这些和他衣服的色调倒也相称。

"您好，"他带着懒洋洋的微笑说，"请问，您到这儿来有何贵干？"

"我来看望一个女病人……您从哪儿来，米哈伊洛·米哈伊雷奇？"

名叫米哈伊洛·米哈伊雷奇的人直盯着她看了看，又笑了。

"您来看病人,"他接着说,"是件好事,不过您把她送医院岂不更好?"

"她太虚弱了,她经不起搬动。"

"您是否打算停办您的医院?"

"停办?为什么?"

"没什么。"

"真是异想天开!您怎么会想得出来?"

"因为您经常和拉松斯卡娅来往,似乎受了她的影响。照她的说法,什么医院啦,学校啦——这都是瞎胡闹,乱出点子,一点儿用处也没有。慈善事业应该是私人的事,教育也是如此:这些都是和人的灵魂有关的事情……好像她是这么说的吧。这也不知道是哪一位的高论,她就照搬过来,我倒颇想知道知道。"

亚历山德拉·帕夫洛夫娜不禁笑了起来。

"达里娅·米哈伊洛夫娜是一位聪明的女人,我非常爱她,尊敬她,不过她的看法也不见得全对,我并不是相信

---

① 作者的这句话是有所指的,拉松斯卡娅是附和果戈理的论调。果戈理在《与友人书信选集》中反对农村学校,反对"慈善机关、养老院及孤儿院",号召私人帮助"贫苦的人,从事私人慈善事业"。

她的每一句话。"

"您这样做，太好了，"米哈伊洛·米哈伊雷奇说，仍旧没有下车，"因为她对她自己说的话也不大相信。不过，遇到您，我十分高兴。"

"为什么？"

"问得好！好像遇到您并不总是叫人高兴似的！今天您的模样是那么艳丽、可爱，就像今天的早晨一样。"

亚历山德拉·帕夫洛夫娜又笑起来。

"您到底笑什么？"

"怎么叫笑什么？要是您能看到，您说这句恭维话时那副没精打采的冷冰冰的神气就好了！我真奇怪，您说到最后一句怎么会没有打出哈欠来。"

"冷冰冰的神气……您老是需要火；可是火一点儿用处也没有。它突然发一下光，冒一阵烟，就熄灭了。"

"它也会使人温暖。"亚历山德拉·帕夫洛夫娜接腔说。

"是啊……它也能把人烧伤。"

"烧伤又有什么！这也没有什么了不起。反正总比……"

"哪一天把您着着实实地烧上一烧，到那时候我倒要看您会怎么说。"米哈伊洛·米哈伊雷奇不高兴地打断她的话，用缰绳在马背上抽了一下,"再见!"

"米哈伊洛·米哈伊雷奇,等一下!"亚历山德拉·帕夫洛夫娜喊道,"您什么时候到我们家来?"

"明天;请问候令弟。"

马车就滚动了。

亚历山德拉·帕夫洛夫娜目送着米哈伊洛·米哈伊洛维奇的背影。

"真像个口袋!"她心里想。他弓着背,满身尘土,便帽戴在后脑勺上,从帽子下面戳出一绺绺蓬乱的黄头发,果真像一只大面粉口袋。

亚历山德拉·帕夫洛夫娜慢悠悠地往家里走去。她低着眼睛走着。近处传来的马蹄声使她停下脚步,抬起头来……是她的弟弟骑着马接她来了;在他旁边走的是一个身材不高的年轻人,那人身上薄薄的常礼服敞着,系着薄薄的领带,戴着轻便的灰色帽子,手里拿着手杖。他老早就朝着亚历山德拉·帕夫洛夫娜微笑,尽管他看见她一路上在想心事,什么都没有看到;等她刚停下脚步,他就走上前去,喜悦地、几乎是温柔地说:

"您好,亚历山德拉·帕夫洛夫娜,您好!"

"啊！是康斯坦丁·季奥米德奇！您好！"她回答说，"您是从达里娅·米哈伊洛夫娜那儿来的吧？"

"正是，太太，正是，太太，"年轻人满面春风地回答，"是从达里娅·米哈伊洛夫娜那儿来的。达里娅·米哈伊洛夫娜派我上您这儿来，太太；我愿意出来走走……这么美妙的早晨，总共才四里路。我来了，可您不在家，太太。令弟对我说，您上谢苗诺夫卡去了，他自己也准备到地里去；我就跟他一块儿来了，太太，来迎接您来了。是啊，太太。这真叫人高兴！"

年轻人的俄语说得纯正准确，但是带点儿外国口音，虽然很难断定，究竟是哪一国的口音。他的面貌带点儿亚洲人的味道。长长的、有鼻结的鼻子，呆板的、鼓出的大眼睛，红红的厚嘴唇，平削的额头，漆黑的头发——这一切都显示出他的东方血统；但是这个年轻人却自称他姓潘达列夫斯基，说他的老家是敖得萨，虽然他是在白俄罗斯某地，靠一个乐善好施的有钱的寡妇出钱供他受的教育。另外又有一位寡妇给他谋了一个差事。总之，中年的太太们都乐意关照康斯坦丁·季奥米德奇，因为他善于奉迎她们，巴结她们。目前他也是以养子或食客的身份住在一位富有的女地主达里娅·米哈伊洛夫娜·拉松斯卡娅家里。他性情极为温柔，殷勤，多情善感，内心却很好色，他的声音悦耳，钢琴弹得相当好，跟人说话的时候总欢喜用眼睛牢牢盯住对方。他穿着非常整洁，衣服能穿很久而不脏，宽宽的下巴仔细地刮得很干净，头发梳得一丝不乱。

亚历山德拉·帕夫洛夫娜听完他的话，转脸对弟弟说："今天我总碰到熟人：刚才我还和列日涅夫说话来着。"

"啊，跟他！他是赶着车往什么地方去吧？"

"可不是；你想象一下：赶着一辆两轮马车，穿的衣服像麻袋，满身是土……他这个人可真怪！"

"是的，也许是怪；不过他是个非常好的人。"

"谁？列日涅夫先生？"潘达列夫斯基问，好像感到惊讶。

"是啊，就是米哈伊洛·米哈伊雷奇·列日涅夫，"沃伦采夫说，"不过，再见吧，姐姐，我该到地里去看看了：他们在给你种荞麦呢。潘达列夫斯基先生会送你回去……"

沃伦采夫说了就疾驰而去。

"真是不胜荣幸！"康斯坦丁·季奥米德奇高声说，请亚历山德拉·帕夫洛夫娜挽住他的手臂。

她挽住他的手臂,两人就沿着通往她的庄园的道路走去。

* * *

和亚历山德拉·帕夫洛夫娜挽臂而行,显然使康斯坦丁·季奥米德奇感到非常愉快;他迈着小步,面带微笑,他那东方式的眼睛甚至湿润了,然而,这种情形在他并不罕见:要康斯坦丁·季奥米德奇感动流泪是毫不费力的。再说,挽着一个年轻、苗条的漂亮女性,有谁能不感到愉快呢?提到亚历山德拉·帕夫洛夫娜,全省的人都异口同声地说,她是迷人的,全省的人并没有说错。单凭她那笔直的、鼻尖略微有些翘起的小鼻子,就足以使任何一个人为之神魂颠倒,更不必说她那天鹅绒般的栗色眼睛,浅金黄的头发,圆圆的小腮上的酒窝以及其他说不尽的美了。但是最美的是她那爱娇的脸上的表情:一副无限信任、善良温顺的表情,它使人感动,又令人入迷。亚历山德拉·帕夫洛夫娜看起人来和笑起来,那神情就像孩子般天真。太太们觉得她太单纯……除此难道还有什么可挑剔的么?

"您是说,是达里娅·米哈伊洛夫娜让您来找我的?"

她问潘达列夫斯基。

"是的，太太，是她让我来的，"他回答说，他把俄语字母"C"①的发音说得像英语的"th"一样，"她老人家希望，并且叫我务必请您今天到她那儿去吃午饭……她老人家（潘达列夫斯基说到第三人称，特别是说到贵妇人的时候，总是严格地使用复数②），她老人家在等待一位新客人到来，她一定要把他介绍给您。"

"这个人是谁？"

"是一位姓穆费尔的男爵，彼得堡来的宫廷侍从。达里娅·米哈伊洛夫娜是前不久在加林公爵那儿认识他的，她对他赞不绝口，说他是一位有学问的年轻人，平易近人。男爵也搞文学，或者不如说……啊，多么漂亮的蝴蝶！请您仔细看看……不如说是研究政治经济学。他写了一篇文章，关于一个非常有趣的问题——他希望达里娅·米哈伊洛夫娜予以批评指正。"

"写的是有关政治经济学的文章？"

"这是就文体来说，亚历山德拉·帕夫洛夫娜，就文体

① 俄文字母，发音类似于英文字母"S"。——编者注
② 俄语中对第三者用复数表示尊敬。

来说，太太。我想，您是知道的，达里娅·米哈伊洛夫娜是这方面的行家。茹科夫斯基①常和她老切磋；我的恩人，住在敖得萨的心地慈善的罗克索朗·梅奇阿罗维·克桑德雷卡老人家……您一定知道此人的名字吧？"

"不知道，根本没听说过。"

"没听说过这样一位鼎鼎大名的人物？真叫人奇怪！我要说的是，连罗克索朗·梅奇阿罗维对达里娅·米哈伊洛夫娜在俄罗斯语言方面的知识一向也是非常推崇的。"

"那么，这位男爵总不是个书呆子吧？"亚历山德拉·帕夫洛夫娜问。

"绝对不是，太太；达里娅·米哈伊洛夫娜常说，恰恰相反，一眼就看得出，他是个上流社会的人物。他讲起贝多芬来那么娓娓动听，连老公爵都听得眉飞色舞……这，老实说，我倒想听一听，因为这是我的本行。请容许我把这朵美丽的野花献给您。"

亚历山德拉·帕夫洛夫娜接过那朵花，才走了不多几步，就让花落在路上……离她家至多不过两百来步了。房子是

① 茹科夫斯基（1783—1852），俄国浪漫主义诗歌的奠基人。

不久前建的，粉刷一新，从老椴树和枫树的浓密的绿阴丛中，亲切好客地露出它那宽大明亮的窗子。

"您让我怎么去给达里娅·米哈伊洛夫娜回话呢，太太，"潘达列夫斯基说，为了他献上的那朵小花的命运，他心里有些不快，"您会来吃午饭吗？她老请令弟也来。"

"是的，我们要来的，一定来。娜塔莎①好吗？"

"感谢上帝，娜塔利娅·阿列克谢耶夫娜很好，太太……可是我们已经走过了达里娅·米哈伊洛夫娜的田庄的岔路了。容许我告辞了。"

亚历山德拉·帕夫洛夫娜站住了。

"您不上我们家来坐一会儿吗？"她有些犹豫地说。

"我真巴不得能去，太太，可是我怕回去晚了不好。达里娅·米哈伊洛夫娜要听塔尔堡②的一支新的练习曲：我得准备准备，熟悉一下。而且，老实说，我这么跟您闲聊，不知您听着会不会高兴。"

"哪里……您怎么……"

① 娜塔莎是娜塔利娅的爱称。
② 塔尔堡（1812—1871），奥地利钢琴家，作曲家，技艺高超的音乐家。一八三九年塔尔堡到俄国巡回演出，受到热烈的招待，在上流社会中风行一时。

潘达列夫斯基叹了口气,富有表情地垂下眼睛。

"再见,亚历山德拉·帕夫洛夫娜!"他说,沉默了片刻,鞠了个躬,后退了一步。

亚历山德拉·帕夫洛夫娜转过身,回家去了。

康斯坦丁·季奥米德奇也往家里去。他脸上全部温柔的表情顿时消失了,露出了一种自负的、近乎严厉的表情。连他的步调也变了;现在他的步子迈得更大,踏得更重了。他走了约莫两里路,旁若无人地挥动着手杖,突然间,他又咧开嘴笑了:他看见路旁有一个很标致的农家姑娘,正在把几条跑进燕麦地里的小牛犊往外赶。康斯坦丁·季奥米德奇像猫儿似的轻手轻脚地走到少女身边,跟她说起话来。她先没有做声,红了脸,哧哧地笑着,后来用袖子掩住嘴,扭过脸去,低声说:

"你走吧,老爷,真是……"

康斯坦丁·季奥米德奇竖起一个指头来威胁她,要她给他采些矢车菊。

"你要矢车菊干什么?是要编花环吗?"少女说,"真的,你就走吧……"

"你听我说,我的可爱的小美人儿。"康斯坦丁·季奥米德奇开始说……

"得啦,你就走吧,"少女打断他的话,"你看,少爷他们来啦。"

康斯坦丁·季奥米德奇回头一看。果然,达里娅·米哈伊洛夫娜的两个儿子,万尼亚和彼佳,在这条路上跑着,走在他们后面的是他们的教师巴西斯托夫,一个刚修完大学课业的二十二岁的年轻人。巴西斯托夫是个高大的小伙子,相貌平常,大鼻子,厚嘴唇,一双猪眼似的小眼睛,他既不漂亮,样子又笨拙,可是他却善良,诚实,正直。他不修边幅,头发也不理——倒不是为了学时髦,而是由于懒;他爱吃、爱睡,但是也爱读好书,爱听热情洋溢的谈话,他对潘达列夫斯基十分憎恶。

达里娅·米哈伊洛夫娜的孩子们崇拜巴西斯托夫,可是一点儿也不怕他,他跟她家里其余所有的人都关系亲密,女主人对这一点并不太高兴,尽管她总是大谈什么成见在她是不存在的。

"你们好,我亲爱的孩子们!"康斯坦丁·季奥米德奇说,"今天你们出来散步好早啊!可是我,"他对着巴西斯托夫说,"老早就出来了;我最爱欣赏大自然。"

"我们可看见您是怎么欣赏大自然的。"巴西斯托夫嘟囔着说。

"您是个实利主义者,天晓得您脑子里此刻在想些什么。对您,我是了解的!"

潘达列夫斯基在和巴西斯托夫或是和他一类的人说话的时候,很容易发火,这时他的"C"字母的发音就很纯正,甚至带一点儿口哨声。

"怎么,您大概是向这个女孩子问路吧?"巴西斯托夫说,眼睛左右地转动着。

他感觉到,潘达列夫斯基的眼睛直盯着他的脸,他最讨厌这样。

"我再说一遍:您无非是个地道的实利主义者罢了。无论什么事,您一定要去看那庸俗无聊的一面……"

"孩子们!"巴西斯托夫突然下令说,"你们看见草地上的那棵柳树吗?我们看谁先跑到它跟前……一!二!三!"

孩子们听了,就撒腿向柳树跑去。巴西斯托夫也跟在他们后面飞跑。

"乡巴佬!"潘达列夫斯基心里想,"他把这两个小鬼都教坏了……地道的乡巴佬!"

于是,康斯坦丁·季奥米德奇扬扬自得地打量了自己那整洁优美的身形,把手指张开,在常礼服的衣袖上拍了两下,抖了抖衣领,继续向前走去。回到自己的房间里,他穿上半旧的晨衣,心事重重地在钢琴前坐下。

达里娅·米哈伊洛夫娜·拉松斯卡娅的房子在全省几乎被认为是首屈一指的。这是一座按照拉斯特列利①设计、带有上个世纪的风格建筑起来的、巍峨的砖砌大厦,耸立在一座小山顶上,气势雄伟,山脚下有俄罗斯中部的一条主要的河流流过。达里娅·米哈伊洛夫娜本人是一位出身名门的富有的贵妇人,三级文官的遗孀。虽然潘达列夫斯基说起她来总说她认识整个欧洲,整个欧洲也知道她!——其实,欧洲知道她的人为数并不多,甚至在彼得堡,她也并非什么重要人物;然而在莫斯科,大家都知道她,前来拜访她。她属于最上流的社会,被公认是一位有些古怪的

① 拉斯特列利(1700—1771),俄国伟大建筑师,十八世纪中叶俄罗斯巴乐歌式建筑最大的代表,有宫殿多座是按他的设计建筑的。

女人，不太和善，然而极其聪明。年轻时她美貌非凡。诗人为她写诗，年轻人对她钟情，达官贵人追求她。然而从那时起二十五年或者三十个年头过去了，昔日的美貌没有留下丝毫的痕迹。"难道说，"凡是初次看见她的人都不禁要问自己，"难道这个又黄又瘦、尖鼻子、年纪还不算老的女人，当年曾是个美人？难道当年就是为她弹起了七弦琴的么？……"于是每个人都会因为人世的变化无常而暗暗吃惊。固然，潘达列夫斯基认为，达里娅·米哈伊洛夫娜的双眸依然是惊人的美丽，不过，硬说整个欧洲都知道她的，也正是这位潘达列夫斯基呀。

达里娅·米哈伊洛夫娜每年夏天都带着孩子们（她有三个孩子：女儿娜塔利娅，十七岁，两个儿子，一个十岁，一个九岁）到她的乡下别墅来，家里经常是高朋满座，就是说，她招待男客，特别是单身的男人；对于外省的太太们，她却很讨厌。然而，这帮子太太们说起她来也够难听的！照她们的说法，达里娅·米哈伊洛夫娜既傲慢，又品行不端，而且还性情暴戾；主要的是，她说话那副肆无忌惮的神气，真令人咋舌！达里娅·米哈伊洛夫娜在乡下的确是毫不检点，我行我素，在她那自由随便的待人接物的态度之中，总可以觉察到几分首都社交界老手对周围相当闭塞的小人物流露出来的蔑视……她对待城里的熟人也是毫不拘礼节，甚至带着嘲弄，但是却没有丝毫蔑视的味道。

顺便说一下，读者，您有没有注意到，一个对他的下属精神很不集中的人，对上级却从来不是这样？这是为什么呢？然而，这类事情问也白搭。

当康斯坦丁·季奥米德奇终于记熟了塔尔堡的练习曲，离开他那整洁舒适的房间，来到下面客厅的时候，他看到全家的人都到齐了。沙龙①开始了。女主人蜷缩着腿坐在一张宽阔的软榻上，手里翻弄着一本新近收到的法文小册子；靠窗的刺绣架旁，一面坐着达里娅·米哈伊洛夫娜的女儿，一面坐着女家庭教师彭果小姐②，这是一个六十来岁的干瘦的老处女，黑色假发上戴着一顶花哨的包发帽，耳朵里塞着棉花；巴西斯托夫坐在门边的角落里读报，彼佳和万尼亚在他旁边下跳棋，靠壁炉反操双手站着一位身材不高的先生，一头蓬乱的花白头发，面色微黑，一对乌黑的灵活的小眼睛——这位就是阿夫里坎·谢苗内奇·皮加索夫。

---

① 加着重号文字在原著中是斜体，以下不再一一标注。——编者注
② 楷体文字在原著中是法文，以下不再一一标注，其他语种另注。——编者注

这位皮加索夫先生是个怪人。他愤世嫉俗，痛恨所有的事和所有的人——特别是女人，他从早到晚骂声不绝，有时骂得一针见血，有时却如隔靴搔痒，不过骂起来总是津津有味。他动辄发脾气，到了近乎孩子气胡闹的程度；他的笑、他说话的声音以及他整个的人似乎都满含着愤怒。达里娅·米哈伊洛夫娜乐意接待皮加索夫；他的乖僻的言谈使她感到有趣。这些言谈也的确相当逗趣。他最喜欢把什么都加以夸大。譬如说，无论在他面前谈到一件什么不幸的事，——无论是对他说，一个村子遭了雷殛，或是大水冲坏了磨坊，或是一个庄稼人不慎用斧头砍了自己的手，他总是带着满脸的愤恨问道："她叫什么名字？"——就是说，惹起这场灾祸的女人叫什么名字，因为根据他的信念，只要刨根问底，每桩灾祸肯定都是女人惹起的。有一次，一个跟他几乎不认识的太太硬要留他吃饭，他竟给她下跪，眼泪汪汪地、然而怒容满面地恳求她饶了他，说他从未得罪过她，今后再也不会上她家去。有一次，达里娅·米哈伊洛夫娜的一个洗衣妇人骑的马冲下山去，把她翻在沟里，险些把她摔死。从此，只要提到那匹马，皮加索夫就叫它"好个小马，好个小马"，连那座小山和那条山沟也被他看做风景胜地。皮加索夫命途多舛——他就索性装出这副玩世不恭的样子。他出身贫苦。他父亲当过各种小差使,几乎不识字,所以也不关心儿子的教育,只要让他吃饱穿暖就行。他母亲很宠爱他,但是很早就去世了。皮加索夫自己教育自己,自己拿主意进了县立学校,然后进文科中学,学会了各种语言,法语、德语乃至拉丁语,以优异的成绩在中学毕业,又进了杰尔普特大学①,在那里不断与贫困作斗争,可是终于修完了三年的课程。皮加索夫才能平庸;他的长处是忍耐和锲而不舍的精神,但是他身上特别强烈的是他的虚荣心,他不甘心听凭命运的安排,一心想跻身于上层社会,不愿落在人后。他之所以勤奋学习,之所以进杰尔普特大学,都是受虚荣心所驱使。贫穷使他愤慨,养成他善于察言观色和玩弄手腕的本领。他的言谈与众不同;他从青年时代就练出一种特殊的口才:动辄发火,说话毒辣。他的思想并不高于一般水平,然而他说起话来却使他显得不仅是聪明,甚至是才智过人。在取得硕士学位之后,皮加索夫立志用全副心力来获得更高的学术称号,因为他心

① 杰尔普特大学创办于一八〇二年,现名塔尔图大学。

里明白，在任何别的事业中，他无论如何赶不上他的有些同学（这些人是他煞费苦心从上层圈子里挑选出来的，他知道怎样去讨好他们，甚至对他们阿谀奉承，虽然他总嘲弄他们）。然而，不客气地说，做学问他并不是那块材料。皮加索夫自学并非由于求知，事实上，他知道的东西极其有限。在答辩中他惨败了，而和他同寝室的另一个经常被他取笑的同学却获得全胜。那人的资质极为平庸，却受过扎实的正规教育。这次失败把皮加索夫气疯了：他把自己的书籍和笔记本都烧个干净，就去找了个差使。开始事情倒还顺当：他很会做官，虽然办事能力不太强，但却极其自信，敏捷。可惜他想升官发财的心情太切——他做了错事，栽了跟头，结果被迫辞职。他在自己购置的小田庄里待了三年光景，突然娶了个富有而缺乏教养的女地主，他是凭着他那放肆随便和讽刺挖苦的态度使她看上他的。但是皮加索夫的脾气变得实在太坏，而且萎靡不振；他感到家庭生活成了负担……他的妻子和他共同生活了几年，竟偷偷地跑到莫斯科，把自己的田产卖给一个狡猾的骗子，偏偏皮加索夫却刚在那里修建了一处庄园。这最后一次打击把他弄得好惨，他跟妻子打起了官司，结果却一无所获……

从此他就过着独身生活，常去拜访拜访左邻右舍，他在背后甚至当面都骂他们，他们也只好打起笑脸来接待他，虽然他们对他并非真的畏惧；从此他手里也就不再拿起书本了。他大约有百来个农奴；他的农奴们日子都还过得去。

"啊！康斯坦丁！"潘达列夫斯基刚走进客厅，达里娅·米哈伊洛夫娜就说，"亚历山德拉会来吗？"

"亚历山德拉·帕夫洛夫娜让我谢谢您，她非常高兴前来。"康斯坦丁·季奥米德奇说，愉快地向四面鞠躬，用他那指甲修剪成三角形的白胖的小手摸着梳得一丝不乱的头发。

"沃伦采夫也来吗？"

"他也来，夫人。"

"这么说，阿夫里坎·谢苗内奇，"达里娅·米哈伊洛夫娜转向皮加索夫，继续说，"照您说，所有的小姐个个都会装腔作势么？"

皮加索夫把嘴一撇，神经质地动了动臂肘。

"我说，"他不慌不忙地说——即使在大发雷霆的时候，他说话也是不慌不忙，口齿清楚，"我指的小姐们是笼统而言，——对于在座的，我当然避而不谈……"

"然而这并不妨碍您对她们也有看法。"达里娅·米哈伊洛夫娜打断了他的话。

"对她们我避而不谈,"皮加索夫重复说,"所有的小姐们都装腔作势到了无以复加的地步——在表现她们感情的时候装腔作势。举例来说,要是一位小姐吃惊了,因为什么事情高兴了或是难受了,她一定先让自己的娇躯那么姿势优美地一弯(皮加索夫说着便非常难看地把身子一弯,张开两手),然后才'啊呀!'一声,或者是笑,或者是哭。可是我(说到这里,皮加索夫得意地笑了笑),有一次总算让一位出奇地会装腔作势的小姐露出了原形,现出了真正的、毫不做作的表情来!"

"您是用的什么办法呢?"

皮加索夫的眼睛发亮了。

"我拿一根很粗的白杨棍子,从背后给她腰里就是一下。她突然尖叫起来,我对她说:'妙啊!妙啊!这才是天然的声音,这才是出乎自然的叫声。以后您要永远这么做才是。'"

满屋的人都大笑起来。

"您在瞎说些什么呀,阿夫里坎·谢苗内奇!"达里娅·米哈伊洛夫娜高声说,"我会相信您能用粗棍子给一个姑娘腰里一下吗!"

"一点儿没错,是用棍子,像人们用来保卫城堡的老粗老粗的棍子。"

"您说的这些真可怕,先生。"彭果小姐高叫起来,一面对笑得前仰后合的孩子们狠狠地瞪了一眼。

"您别信他的,"达里娅·米哈伊洛夫娜说,"您难道还不知道他?"

但是这位法国女人的怒气久久不能平息,她一个劲儿自言自语地嘟囔着。

"你们尽管可以不相信我,"皮加索夫声调沉着地继续说,"可是我保证我说的是大实话。要是我不知道,还有谁会知道?这样一来,要是我对你们说,我们的邻居切普佐娃,叶连娜·安东诺夫娜亲口,请注意,是她亲口告诉我,她害死了她的亲侄儿,你们大概也不会相信的吧?"

"越说越胡扯!"

"对不起,对不起!先听我说完,你们再来评论。请注意,我不想诽谤她,我甚至还喜欢她,当然只是达到一般喜欢一个女人的程度。她的整幢房子里,除了历书,一本书也没有,她看书时一定要高声朗读——这样的练习使她冒汗,事后就抱怨说,她的眼睛都要炸了……总而言之,她是个好人,她的婢女们个个都长得胖胖的。我干吗要诽谤她呢?"

"瞧吧!"达里娅·米哈伊洛夫娜说,"阿夫里坎·谢苗内奇的拿手好戏开场啦,不到晚上是不会收场的。"

"我的拿手好戏……可是女人们的拿手好戏足足有三台,除非睡觉,否则她们是决不肯收场的。"

"这三台好戏是哪三出呢?"

"怨天尤人,指桑骂槐,数落唠叨。"

"您知道吗,阿夫里坎·谢苗内奇,"达里娅·米哈伊洛夫娜开始说,"您对女人这样深恶痛绝,总不会是平白无故的吧。一定是有个什么女人对您……"

"您是想说,得罪了我么?"皮加索夫打断了她的话。

达里娅·米哈伊洛夫娜有些窘;她想起了皮加索夫的不幸的婚姻……所以只好点点头。

"的确是有一个女人得罪我了,"皮加索夫说,"虽然她是善良的,非常善良……"

"她究竟是谁?"

"我的母亲。"皮加索夫压低声音说。

"您的母亲?她有哪一点会对不起您?"

"因为她生下了我……"

达里娅·米哈伊洛夫娜皱了皱眉头。

"我觉得,"她说,"我们的谈话好像变得有些令人不快……康斯坦丁,给我们弹弹塔尔堡的新的练习曲吧……音乐也许能驯服阿夫里坎·谢苗内奇。奥菲士①不是把野兽驯服了吗?"

康斯坦丁·季奥米德奇在钢琴前坐下,令人极为满意地弹奏了那首练习曲。开始时娜塔利娅·阿列克谢耶夫娜注意地听着,后来又去做刺绣了。

"谢谢,这真迷人。"达里娅·米哈伊洛夫娜说,"我喜欢塔尔堡。曲子真优美。您在想什么,阿夫里坎·谢苗内奇?"

"我在想,"皮加索夫慢吞吞地开始说,"世上有三种利己主义者:一是自己活也让别人活的利己主义者;二是自己活而不让别人活的利己主义者;最后一种是自己既不活,也不让别人活的利己主义者……大部分女人都属于第三种。"

"您说得太客气啦!只有一点我觉得奇怪,阿夫里坎·谢苗内奇,您对自己的见解怎么那么自信:好像您永远不会

---

① 奥菲士是希腊神话中的诗人和歌手,善弹竖琴,弹奏时猛兽俯首,顽石点头。

错似的。"

"谁说！我也会错；一个男人也可能弄错。可是您知道，我们男人的错误和女人的错误之间有什么区别吗？您不知道吧？区别在这里：比方说，一个男人会说二乘二不等于四，而是等于五或是三个半；但是一个女人却会说，二乘二等于一支蜡烛。"

"这话我好像已经听您说过……但是请问，您关于三种利己主义者的高见跟您刚刚听的音乐有什么关系？"

"一点儿关系都没有，可是我并没有在听音乐。"

"唉，你啊，老兄，我看你的毛病是改不了的，不中用了，"达里娅·米哈伊洛夫娜说，她把格里鲍耶陀夫的诗句稍稍改动一下，① "要是您连音乐都不喜欢，那您究竟喜欢什么呢？是喜欢文学吗？"

"我是喜欢文学，只是不喜欢当代的文学。"

"为什么？"

"是为了这个。不久前我和一位老爷同船渡过奥卡河。渡船靠岸的地方很陡：马车都得用手拉上岸去。而这位老

---

① 这句话出自格里鲍耶陀夫的喜剧《聪明误》。"改不了的"原文是"无可救药的"。

爷的四轮马车又笨重得要命。船夫们拼命用力把马车往岸上拉,那位老爷却站在渡船上只是唉声叹气,叫人听了都觉得他可怜……瞧,我心里想,这就是分工制的新的应用!当今的文学也是如此:别人在拉车,在干活,可是文学却在唉声叹气。"

达里娅·米哈伊洛夫娜微微一笑。

"而这就叫做再表现现代生活,"皮加索夫喋喋不休地继续说,"就叫做对社会问题深切的同情,还有什么的……啊,这种冠冕堂皇的话我真不爱听!"

"可是,受您攻击的女人们——她们至少不使用冠冕堂皇的话吧。"

皮加索夫耸了耸肩膀。

"她们倒是不用,因为她们用不来。"

达里娅·米哈伊洛夫娜的脸微微红了。

"您越说越不像话了,阿夫里坎·谢苗内奇!"她勉强带着微笑说。

客厅里一切都静了下来。

"这个佐洛托诺沙在什么地方?"男孩中的一个突然向巴西斯托夫问道。

"在波尔塔瓦省,我亲爱的,"皮加索夫接茬说,"就在一撮毛之国①。(他很高兴有机会转换话题。)我们刚才不是在谈文学吗,"他接着说,"要是我的钱富裕,我摇身一变就可以成为一个小俄罗斯②诗人。"

"这又是新闻!好一位诗人!"达里娅·米哈伊洛夫娜反唇相讥,"难道您懂得小俄罗斯语?"

"一窍不通;而且也用不着去懂。"

"怎么用不着?"

"用不着就是用不着。你只要拿一张纸,在上面写下:《短歌》,然后就这样开始:'妙啊,我的命运,我的命运啊!'或是'哥萨克纳利瓦伊科③坐在山岗上!'再往下就是:'坐在山脚下,坐在绿阴下,格拉耶,格拉耶,沃罗帕耶,嗬!嗬!'或是诸如此类的东西。就完事大吉。你就拿去发表吧,出版吧。小俄罗斯人一读,就会用手托着腮,准保会流下眼泪——真是多情善感啊!"

"得啦吧!"巴西斯托夫高声说,"您在说些什么呀?

---

① "一撮毛"是沙俄时代对乌克兰人的戏称。
② 小俄罗斯是沙俄时代对乌克兰的戏称。
③ 谢·纳利瓦伊科是哥萨克农民起义领袖,在乌克兰起义反对波兰地主,一五九七年被波兰处死。

真不像话,我在小俄罗斯住过,我爱它,懂得它的语言……什么'格拉耶,格拉耶,沃罗帕耶',完全是乱说一气!"

"也许是,可是小俄罗斯人读了照样会流泪。您说:语言……难道有什么小俄罗斯语言么?有一次我随便说了一句:'语法是正确地读和写的艺术',请一个小俄罗斯人把它翻译出来。您知道他是怎么译的:'玉法就是正确地涂和泻的异术……'照您看,这算是什么语言?这能算一种独立的语言么?要我承认它是,我宁肯把我最要好的朋友放在石臼里捣他个稀巴烂……"

巴西斯托夫想反驳他。

"别理他,"达里娅·米哈伊洛夫娜说,"您又不是不知道,除了奇谈怪论,从他嘴里是什么也听不到的。"

皮加索夫尖酸地微笑了。一个仆人进来禀报亚历山德拉·帕夫洛夫娜和她的弟弟来了。

达里娅·米哈伊洛夫娜站起身来迎接客人。

"您好,亚历山德拉!"她迎上前去,说道,"您来了真好……您好,谢尔盖·帕夫里奇!"

沃伦采夫和达里娅·米哈伊洛夫娜握了手,就走到娜塔利娅·阿列克谢耶夫娜跟前。

"怎么样,那位男爵,您的新朋友,今天来吗?"皮加索夫问。

"是的,他要来的。"

"听说他是一位大哲学家,开口闭口都是黑格尔。"

达里娅·米哈伊洛夫娜没有回答,只是请亚历山德拉·帕夫洛夫娜坐在软榻上,自己在她旁边坐下。

"哲学,"皮加索夫接着说,"这是最高的观点!这些最高的观点,简直是要我的命!站得那么高,又能看见什么呢?你要是想买一匹马,总不见得跑到瞭望台上去看马吧?"

"这位男爵是要拿一篇什么文章给您看吗?"亚历山德拉·帕夫洛夫娜问道。

"是的,要拿一篇文章来,"达里娅·米哈伊洛夫娜回答时故意做出一副满不在意的样子,"论俄国商业与工业的关系……不过您别担心:我们不会在这儿宣读……我请你们来不是为了这个。男爵又平易近人,又博学。而且一口俄语说得漂亮极了!真是滔滔不绝……他会使您听得入迷。"

"一口俄语说得漂亮极了,"皮加索夫嘟囔着说,"竟值得用法语来称赞他。"

"您尽管唠叨吧,阿夫里坎·谢苗内奇,唠叨吧……这跟您那蓬乱的头发非常相称……可是,他怎么还不来?请听我说,先生们,女士们,"达里娅·米哈伊洛夫娜环顾了一下,又说,"我们到花园里去吧……离吃饭还有个把小时,天气又这么好……"

大家都站起来,往花园里走去。

达里娅·米哈伊洛夫娜的花园一直伸展到河边。园中有好多条植着多年椴树的林阴道,林阴道闪着暗金色,芬芳扑鼻,它们的尽头透出亮光,呈现出一片翠绿,园中还有一座座的洋槐亭和丁香亭。

沃伦采夫陪着娜塔利娅和彭果小姐走向树木茂密的深处。沃伦采夫和娜塔利娅并排走着,没有做声。彭果小姐跟在稍后一些。

"您今天做什么啦?"沃伦采夫终于开口问,一面捻着他那非常漂亮的深亚麻色短髭。

他的面貌和他的姐姐非常相像,但表情却没有那么活泼和有生气,他那双美丽温柔的眼睛似乎有些忧郁。

"没有做什么,"娜塔利娅回答说,"听皮加索夫骂人,做了一会儿刺绣,读了点儿书。"

"您读什么书?"

"我读……十字军远征史。"娜塔利娅迟疑了一下说。

沃伦采夫看了看她。

"啊!"他终于说,"那一定挺有趣。"

他折了一根树枝,拿着在空中挥动。他们又走了二十来步。

"您母亲结识的那位男爵是个什么样的人?"沃伦采夫又问。

"是一位宫廷侍从,不是本地人;妈妈对他极口称赞。"

"您母亲很容易对人入迷。"

"这证明,她的心还很年轻。"娜塔利娅说。

"不错。我最近就可以把您的马送还给您。它已经差不多完全调教好了。我想让它一起步就快跑,这我一定能做到。"

"谢谢……可是我很不过意。要您亲自来调教它……据说,这是很费劲的。"

"为了能让您哪怕得到一丁点儿的愉快,您知道,娜塔利娅·阿列克谢耶夫娜,我愿意……我……而不单单是这点儿小事……"

沃伦采夫讷讷说不出来了。

娜塔利娅友好地看了他一眼,又说了声:"谢谢。"

"您知道,"谢尔盖·帕夫里奇沉默了好一会儿才接着说,"没有一件事情是……可是我何必说这个!一切您都明白。"

就在这时候屋里的铃声响了。

"啊!打铃吃饭啦!"彭果小姐高声说,"我们回去吧。"

"真可惜,"法国老小姐跟在沃伦采夫和娜塔利娅后面走上阳台的台阶时,心里暗想,"这个可爱的年轻人竟这样拙于辞令。"——这句话译成俄语可以这么说:"我亲爱的,你人倒挺可爱,可是有些差劲。"

男爵没有来吃饭。等了他半个小时。餐桌上的谈话始终活跃不起来。谢尔盖·帕夫里奇坐在娜塔利娅旁边,只是不时望着她,殷勤地给她的杯子里倒水。潘达列夫斯基拼命设法照顾他旁边的亚历山德拉·帕夫洛夫娜,可是他的劲都白费了:他满口甜言蜜语,而她听了却差点儿打出呵欠来。

巴西斯托夫把面包搓成一个个小球,脑子里什么也不想,连皮加索夫也不说话,当达里娅·米哈伊洛夫娜指出他今天态度很不和蔼的时候,他绷着脸说:"我多咱和蔼来过,这我可做不来……"说着,苦笑了一下,又说:"您就稍微忍耐一下吧。我不过是克瓦斯①,普普通通的俄国克瓦斯:您的那位宫廷侍从才是……"

"妙啊!"达里娅·米哈伊洛夫娜叫起来,"皮加索夫吃醋啦,还没有跟人家见面就吃起醋来!"

但是皮加索夫没有回答她,只是皱着眉头瞅了她一眼。

七点钟敲过,大家又聚到客厅里。

"大概他是不会来了。"达里娅·米哈伊洛夫娜说。

但是,就在这时响起马车的车轮声,一辆不大的四轮马车驶进院子,过了一会儿,一个仆人走进客厅,把放在银碟子里的一封信给达里娅·米哈伊洛夫娜送上。她很快看完信,转向仆人问道:

"送信来的先生在哪里?"

"在马车里呐,夫人。要见他吗,夫人?"

"有请。"

仆人出去了。

"你们想想,多么令人扫兴,"达里娅·米哈伊洛夫娜

---

① 俄国一种用面包或水果发酵制成的清凉饮料。

接着说,"男爵接到命令,要他立即返回彼得堡。他让他的朋友,一位罗亭先生,把他的文章送给我。男爵要把他介绍给我——他非常推崇他。不过这真是令人遗憾!我本来还希望男爵能在这儿住上一阵……"

"德米特里·尼古拉耶维奇·罗亭。"仆人通报道。

3

一个约莫三十五岁的男子走了进来,他高高的身材,背稍有些驼,鬈发,肤色微黑,面貌不端正,但是显得聪明而富有表情,一双灵活的、水汪汪的深蓝色眼睛,宽而直的鼻子和轮廓好看的嘴巴。他身上的衣服已经不新了,显紧,好像他长大了,衣服穿着显小。

他快步走到达里娅·米哈伊洛夫娜面前,略一鞠躬,对她说,他早就希望有求见的荣幸,又说,他的朋友男爵非常遗憾,不能亲自前来辞行。

罗亭的嗓音尖细,跟他那高大的身材和宽阔的胸部不相称。

"请坐……我很高兴。"达里娅·米哈伊洛夫娜说,将他给大家介绍之后,又问他是本地人还是外来的。

"我的田庄在 T 省，"罗亭把帽子放在膝上，回答说，"我来此地不久。我是来办点儿事的，暂时住在贵县城。"

"住在谁家？"

"住在县里的医生家里。他是我大学里的老同学。"

"哦！住在医生家里……人们对他可是有口皆碑啊。听说他的医道很高明。您和男爵早就认识了么？"

"我是去年冬天在莫斯科遇见他的，现在我在他家里住了将近一个星期。"

"这位男爵，他是一个非常聪明的人。"

"是的，夫人。"

达里娅·米哈伊洛夫娜嗅了嗅她那洒满香水的、打了个结的小手帕。

"您在供职吗？"

"谁？我吗，夫人？"

"是的。"

"不……我已经退职了。"

沉默了一会儿。大家重又交谈起来。

"请容许我打听一下，"皮加索夫对着罗亭开始说，"男爵先生送来的那篇文章，内容您知道吗？"

"知道。"

"这篇文章谈论到商业的关系……啊，不对，或是有关我国工业与商业的关系……您好像是这么说的吧，达里娅·米哈伊洛夫娜？"

"是的，是谈论这个。"达里娅·米哈伊洛夫娜说，把一只手放在额上。

"我，当然，对这些问题是门外汉，"皮加索夫接着说，"但是我应当承认，我认为文章的题目本身似乎非常……怎么才能说得委婉些呢？……非常费解、含糊。"

"您为什么会认为这样呢？"

皮加索夫冷笑了一声，瞟了达里娅·米哈伊洛夫娜一下。

"那么，您觉得它清楚吗？"他说，又将他那狐脸似的小脸转向罗亭。

"我吗？我觉得清楚。"

"嗯……当然，这您比我更清楚。"

"您头痛吗？"亚历山德拉·帕夫洛夫娜问达里娅·米哈伊洛夫娜。

"不，我只是……是神经紧张。"

"请容许我打听一下，"皮加索夫又带着鼻音说，"令友穆费尔男爵……他的大名好像是这样吧?"

"正是。"

"穆费尔男爵先生是专门研究政治经济学的呢,还是只在交际酬酢和公余之暇,才拿出点儿时间来做这门有趣的学问的呢?"

罗亭凝神对皮加索夫看了一眼。

"男爵在这方面不是专家,"他回答说,脸有些发红,"不过他的文章里有许多正确的和有意思的东西。"

"我没有拜读过这篇文章,无法和您争论……但是,恕我大胆问一下,令友穆费尔男爵的文章的内容大概是一般的推论多于事实吧?"

"文章里既有事实,也有以事实为依据的推论。"

"原来如此,原来如此,先生。可是我要奉告,照我的意见……我总算有机会说出我的看法;我在杰尔普特大学熬过三年……所有这些所谓一般的推论啦,假设啦,体系啦……恕我是一介村夫,直话直说……统统没用。这一切都是空论——只好拿来糊弄人。先生们,只要拿出事实来,就足够了。"

"的确如此!"罗亭反驳说,"好吧,那么事实的涵义也要拿出来吧?"

"一般的推论!"皮加索夫继续说,"这些一般的推论呀,评论呀,结论呀,简直要我的命!这些都以所谓的信念为根据;人人都大谈自己的信念,还要求别人也尊重它,传播它……唉!"

说着,皮加索夫向空中挥了挥拳头。潘达列夫斯基笑了起来。

"妙啊!"罗亭说,"照您这么说,信念是没有的啰?"

"没有——也不存在。"

"这是您的信念么?"

"是的。"

"那您怎么说,信念是没有的呢?现在您首先就有了一个。"

满屋的人都露出了微笑,互相交瞥了一下。

"对不住,对不住,但是……"皮加索夫刚要开始……

但是达里娅·米哈伊洛夫娜拍起手来,高声说:"妙啊,妙啊,皮加索夫被打败了,被打败了!"一面轻轻地从罗亭手里把帽子拿过来。

"先别高兴,夫人,高兴的时间有的是!"皮加索夫悻悻地说,"摆出一副高人一等的架势,说点儿俏皮话,这还不够;还要拿出证明,来驳倒……我们已经离题了。"

"对不起,"罗亭不动声色地说,"事情非常简单。您既不相信一般的推论,您又不相信有什么信念……"

"我不相信,不相信,我一概都不相信。"

"好极了。那您是个怀疑主义者。"

"我看没有必要来搬用这样学术性的字眼。然而……"

"别打断他的话呀!"达里娅·米哈伊洛夫娜插话说。

"去咬吧,咬吧,咬吧!"① 这时候潘达列夫斯基心里暗自说,咧开嘴巴笑了。

"这个字眼能表达我的意思,"罗亭继续说,"这个字的意义您明白:那为什么不能用呢?您什么都不相信……那您为什么要相信事实呢?"

"怎么叫为什么?问得妙极了!事实——是明摆着的事情,人人都知道事实是什么……我是凭经验,凭自身的感觉去判断它的。"

"难道您的感觉就不会叫您受骗!您的感觉对您说,太

---

① 原来是用来对猎犬说的。

阳是绕地球转的……或是,也许您不同意哥白尼?您连他也不相信?"

微笑又在大伙的脸上掠过,所有的眼睛都盯着罗亭。"他这个人可不笨。"每个人都在想。

"您净开玩笑,"皮加索夫说,"当然,这种说法很具独创性,但是文不对题。"

"到目前为止,在我说过的话里面,"罗亭表示不同意,"有独创性的东西可惜太少。这些话都是很久以前尽人皆知的,都是些老生常谈。问题不在这里……"

"那么问题何在呢?"皮加索夫有些恼羞成怒地问。

平时在辩论中,皮加索夫总是一上来把对方取笑一通,然后变得蛮横起来,最后绷着脸一言不发。

"问题就在这里,"罗亭继续说,"我承认,我不能不感到由衷的遗憾,当我看到聪明人在攻击……"

"攻击体系么?"皮加索夫插话说。

"是的,就算是攻击体系也成。这个词眼怎么把您吓成这样?任何一种体系都是建立在对基本规律的认识上,建立在对生活原则的认识上……"

"得啦吧!要认识它们,发现它们,是不可能的!……"

"请原谅。当然,这并非人人都能做得到的,而且人经常会弄错。但是,您一定会同意我的看法,比方说,牛顿至少发现了这些基本规律中的几条。我们说他是天才;但是天才的发现之所以伟大,是因为这些发现成了大家的财富。力图在局部现象中探索普遍的原则,乃是人类智慧的最主要的特性之一,而我们的全部学识……"

"原来您要说的是这些!"皮加索夫拖长声音打断了他的话,"我是个讲求实际的人,对所有这些脱离实际的奥妙的东西,一概没有深入研究,也不想去研究。"

"很好!这当然悉听尊便。但是,请注意,您只想做一个地道的讲求实际的人,这个愿望本身已经是一种体系,一种理论了……"

"学识!您说学识,"皮加索夫接腔说,"这又是您的惊人之谈!您的这种被捧上了天的学识有谁稀罕!您的那个学识,叫我花一个小钱去买,我都不干!"

"您的辩论真是不知所云,阿夫里坎·谢苗内奇!"达里娅·米哈伊洛夫娜说,心里对她的新朋友的这种从容不迫、温文尔雅的风度极为满意。"这是个上流人物。"她心里想,一面怀着善意的关切望了望罗亭。"得对他亲热些。"最后这句话她是在心里用俄语说的。

"我不来为学识辩护,"罗亭沉默片刻,继续说,"它无须我为它辩护。您不喜欢它……人各有所好,不能强求嘛。而且这也使我们扯得太远了。请容许我只向您提一句古语:'周必特①,你生气了,所以,你就不对了。'我要说的是,所有这些对体系,对一般的推论等等的抨击之所以特别令人痛心,是因为人们连同否定这些体系,竟把知识、科学和对科学的信念一概都否定了,结果是,也否定了对自己、对自己的力量的信心。然而人们是必需有这种信心的:人不能单靠感受来生活,人们要是害怕思想,不信任思想,那就太不应该了。无效和无力一向是怀疑主义的特点……"

"这全是空话!"皮加索夫嘟囔说。

"也许是。但是请您注意,当我们说'这全是空话!'的时候,我们自己往往是想避开说出一些比空话较为有道理的话的必要性。"

"您说什么,先生?"皮加索夫问,眯起了眼睛。

"您明白我要对您说什么,"罗亭带着不由自主的不耐

---

① 周必特是古罗马神话中最高的神。指目空一切的人。(今译为朱庇特。——编者注)

烦的神气说，但马上就克制住了，"我再说一遍，一个人如果没有他所信仰的坚定的原则，没有他牢牢依据的立场，他又怎么能认清自己人民的需要、作用和未来呢？他又怎么能知道，他自己应该做什么，如果……"

"恕我失陪了！"皮加索夫猛然说，他鞠了一躬，就退到一旁，对什么人也不看。

罗亭望了望他，微微冷笑了一下，也住口了。

"啊哈！他逃跑了！"达里娅·米哈伊洛夫娜开口了，"您放心，德米特里……对不起，"她带着亲切的微笑补充了一句，"您的父名怎么称呼？"

"尼古拉伊奇①。"

"您放心吧，亲爱的德米特里·尼古拉伊奇！他骗不过我们任何人。他要装出不愿意再争辩的样子……他是感到，他没法再跟您辩论了。您最好坐得靠我们近一些，让我们来聊聊。"

罗亭把圈椅挪近了些。

"我们怎么到现在才认识呢？"达里娅·米哈伊洛夫娜

---

① 即尼古拉耶维奇。——编者注

继续说,"这叫我奇怪……这本书您读过吗?这是托克维①写的,您知道吗?"

达里娅·米哈伊洛夫娜把那本法文小册子递给罗亭。

罗亭接过那本薄薄的小册子,翻了几页,又放回桌上,回答说,说实在的,托克维先生的这部著作他没有读过,但是作者所提到的这个问题他倒是常常思考的。谈话开始了。罗亭起初似乎有些犹豫,决不定是否要畅抒己见,找不到恰当的词句,但是他终于情绪激动,谈论起来。一刻钟后,满屋子只听见他一个人的声音。大家都在他身旁围做一团。

只有皮加索夫独自远远地留在壁炉边的角落里。罗亭说得聪明,热情,理由充足,显露出他知识渊博,书读得很多。谁也没有料到他竟是一位非常出色的人……他的衣着是如此平常,他的姓氏是如此不见经传。大家都感到奇怪而不可理解,这样一位聪明人,怎么会突然在乡间出现。他更使大家惊奇的是,可以说,他把大家,从达里娅·米哈伊洛夫娜开始,都迷住了……她因为自己的发现感到自

---

① 阿·托克维(1805—1859),法国政治家、政论家、历史学家,著有《论美国的民主》一书及许多政治性小册子。

豪，她已经在暗自考虑，怎样把罗亭引进上流社会。她尽管一把年纪，但是她看人最初的印象还是相当幼稚的。至于亚历山德拉·帕夫洛夫娜，老实说，对罗亭所说的那些懂得很少，但却感到非常惊奇和喜悦。她的弟弟也感到惊讶。潘达列夫斯基注视着达里娅·米哈伊洛夫娜，心里不禁起了妒意。皮加索夫心里在想："我花五百卢布可以买到一只夜莺，唱起来比他更好听！"但是最为震惊的是巴西斯托夫和娜塔利娅。巴西斯托夫几乎透不过气来；他一直坐在那里，张开嘴巴，瞪着眼睛——听着，听着，仿佛他有生以来没有听过别人讲话似的。娜塔利娅则是满脸红晕，她那凝视着罗亭的目光，时而暗淡，时而放出光辉⋯⋯

"他的眼睛真好看！"沃伦采夫对她耳语说。

"是的，很好看。"

"只是可惜他的手太大，又发红。"

娜塔利娅没有回答。

送上了茶。大家随便聊起来，但是只要罗亭一开口，大家立刻鸦雀无声，单凭这一点就足以判断他给人的印象是多么强烈。达里娅·米哈伊洛夫娜忽然想要逗逗皮加索夫。她走到他跟前，低声对他说："您怎么不开口啦，只是令人难受地冷笑？您再试试呀，再跟他交交锋。"不等他回答，她就向罗亭招招手。

"他还有一样事您不知道，"她指着皮加索夫对罗亭说，"他对女人是深恶痛绝的，他不断地攻击女人；请您开导开导他。"

罗亭看了看皮加索夫……居高临下地看了看：这是由不得他做主的，因为他比皮加索夫高出两头。皮加索夫几乎脸都气歪了，他那怒冲冲的脸变得煞白。

"达里娅·米哈伊洛夫娜说错了。"他声音不坚定地开始说，"我不单是攻击女人：我对整个人类都没有好感。"

"您对人类怎么竟会有如此不好的看法呢？"罗亭说。

皮加索夫直视着他的眼睛。

"大概是因为我总在研究我自己的内心，使我发现心里卑鄙龌龊的东西一天比一天多。我是以己度人。也许，这也是不公平的，我要比别人坏得多，可是有什么办法呢？习惯嘛。"

"我了解您，同情您，"罗亭表示不同意，"有哪一个高尚的灵魂不曾体验过渴望贬低自己的心情呢？但是不应该老停留在这种没有出路的处境之中。"

"蒙您过奖,称我的灵魂是高尚的,"皮加索夫说,"但是我的处境并没有什么,并不坏,因此即使有什么出路,——随它去吧!——我也不会去追求的!"

"但是,这就是说——恕我措辞不当——您宁愿求得自尊心的满足而不愿意去追求真理和为真理而生活……"

"可不是嘛!"皮加索夫叫了起来,"自尊——这我是懂得的;我希望,您也懂得,每个人都懂得;而真理——真理是什么?这个真理,它在哪里?"

"您又来唱您的老调了,我提醒您。"达里娅·米哈伊洛夫娜说。

皮加索夫耸了耸肩。

"唱老调又有什么不好?我要问:真理在哪里?连哲学家们都不知道,真理究竟是什么?康德说:真理是如此这般的;但是黑格尔却说——非也,此言谬矣,真理是这样的。"

"您可知道,黑格尔关于真理是怎么说的吗?"罗亭问,并没有提高声音。

"我再来说一遍,"皮加索夫变得激动起来,继续说,"我不懂得真理是什么。依我看,世界上压根儿就没有什么真理,就是说,真理这个词是有的,但是它本身并不存在。"

"呸！呸！"达里娅·米哈伊洛夫娜叫起来，"这话亏您说得出口，您这个罪孽深重的老家伙！没有真理？要是这样，那么何必还活在世上呢？"

"可是我想，达里娅·米哈伊洛夫娜，"皮加索夫愠怒地反驳说，"对您来说，生活中没有真理，反正要比没有您那炖清汤拿手的厨师斯捷潘要好过些。请说说，您要真理有什么用？又不能用它来缝包发帽！"

"开玩笑算不得反驳，"达里娅·米哈伊洛夫娜说，"尤其是乱说一气来诋毁别人……"

"我不知道什么真理不真理，但是很显然，说真话总是不中听的。"皮加索夫嘟囔着，愤愤地退到一旁。

而罗亭却谈起自尊心的问题来，并且谈得很令人信服。他说，一个没有自尊心的人，是没有价值的，自尊心是可以使地球移动的阿基米德杠杆，但是同时，只有能够像骑手驭马那样来控制自己的自尊心，能够牺牲自我来为公众谋福利的人，才配得上"人"的称号……

"而自私，"他这样结束说，"就是自杀。一个自私的人好比一株孤零零的、不结果实的树，会一天天枯萎下去；而自尊，作为力求完善的积极的企求，却是一切伟大事业的源泉……是啊！一个人应该削弱自己身上顽固的自私，使个性有充分表现自己的权利！"

"您可否借给我一支铅笔？"皮加索夫对巴西斯托夫说。

巴西斯托夫一时不明白皮加索夫向他要什么。

"您要铅笔做什么？"他终于说。

"我要把罗亭先生的最后这句话记下来。不记下来难免要忘记！您自己也会同意，这样一句精辟的话就像打牌获得全胜一样。"

"对于有些事情，采取嘲笑逗趣的态度是不应该的，阿夫里坎·谢苗内奇！"巴西斯托夫涨红了脸说，转过身去不理皮加索夫。

这时罗亭走到娜塔利娅跟前。她站起身来：她的脸上露出有些忸怩不安的神情。

坐在她旁边的沃伦采夫也站了起来。

"我看到这儿有一架钢琴，"罗亭的态度像一位外出旅行的王子，温和而亲切地开始说，"是您弹的吗？"

"是，是我弹的，"娜塔利娅说，"不过弹得不太好。这位康斯坦丁·季奥米德奇弹得比我好得多。"

潘达列夫斯基把脸凑过来，露齿一笑。

"您不该这么说,娜塔利娅·阿列克谢耶夫娜:您弹得一点儿不比我差。"

"您知道舒伯特的《森林王》①吗?"罗亭问。

"他知道,知道!"达里娅·米哈伊洛夫娜接腔说,"您坐下,康斯坦丁……您爱好音乐么,德米特里·尼古拉伊奇?"

罗亭只是微微颔首,用手掠了掠头发,好像准备聆听……潘达列夫斯基便开始弹起来。

娜塔利娅站在钢琴旁边,正对着罗亭。随着第一个音响,他脸上便露出欣悦的神情。他的深蓝色眼睛缓慢地转动,偶尔停留在娜塔利娅身上。潘达列夫斯基一曲弹完。

罗亭没有说什么,走到大开着的窗口。芬芳的薄雾像一层轻纱笼罩着花园;近处的树木散发出催人入睡的凉意。星星悄悄地若隐若现。夏天的夜晚是悠闲的,使人心旷神怡。罗亭凝视了一会儿黑暗的花园——就转过身来。

"这样的音乐和这样的夜色,"他开始说,"使我想起我在德国的大学生时代:我们的集会,我们的小夜曲……"

---

① 原著中是德文。(今译作《魔王》。——编者注)

"您到过德国？"达里娅·米哈伊洛夫娜问。

"我在海德堡待了一年,在柏林将近一年。"

"您也穿大学生的制服？听说,他们那里的装束似乎很特别。"

"在海德堡我穿带马刺的大皮靴和带流苏的轻骑兵式短外衣,头发留得长到肩上……在柏林,大学生穿得跟大家一样。"

"讲点儿您的大学生生活给我们听吧。"亚历山德拉·帕夫洛夫娜说。

罗亭开始讲起来。他讲得不太成功。他的描述不够鲜明生动。他不善于逗人发笑。然而,罗亭从自己在国外的经历很快转到一般的议论上来:他谈到教育和科学的意义,谈到大学和一般的大学生活。他用大胆奔放的笔触勾勒出一幅气势磅礴的图画。大家都全神贯注地听他讲。他讲得很精彩动听,但是不太清楚……然而正是这种含糊使他的语言别具一种特殊的魅力。

罗亭的思潮澎湃,使他不能准确肯定地表达他的思想。一些形象代替了另一些形象,一些比喻接着一些比喻:这些比喻时而是大胆得出奇,时而又是恰切得令人叫绝。在他那急不可待的即兴之谈之中,令人感到的并非一个惯于高谈阔论者的扬扬自得的字斟句酌,而是灵感的抒发。他没有搜索词句,是词句自身流畅自如地来到他的嘴边,每一个字似乎都直接从他的灵魂深处涌现出来,燃着火焰般的信念。罗亭掌握了一种几乎是最高的奥秘——辩才的音乐。他善于拨动一部分心弦,而使其余的心弦都隐隐地鸣响起来,颤动起来。有的听众也许并不确切懂得他讲的是什么,但是他们的胸膛却为之高高地起伏,他们眼前好像展开了什么帷幕。前面有什么大放光明。

罗亭的一切思想似乎都指向未来,这使他的思想具有勇往直前、富有朝气的意味……他站在窗前侃侃而谈,并不专门望着谁,——一致的赞许和注意、眼前的年轻女性和美丽的夜色给予他灵感,本身的潮涌般的感受令他陶醉,使他竟升到辩才的高度,诗意的高峰……他那专注而平静的语调本身就增加了语言的魅力,似乎有什么崇高的、连他自己也意想不到的语言借他的嘴说了出来……罗亭讲到,有什么能赋予短暂的人生以永恒的意义。

"我想起一个斯堪的纳维亚的传说,"他最后说,"一位皇帝和他的战士们在一个长长的黑暗的棚屋里围火而坐。

那是在一个冬天的夜晚。突然有一只不很大的鸟儿从开着的门里飞进来,又从另一扇门里飞了出去。皇帝说,这只小鸟就好比人生在世:从黑暗中飞来,又飞向黑暗,在温暖和光明中作短暂的逗留……'陛下,'一个年纪最老的战士说,'小鸟即使在黑暗中也不会迷路,它能找到它的窠……'的确,我们的生命是短暂和不足道的;然而一切伟大的事业都是由人来完成的。如果一个人意识到自己是这些崇高力量的工具,这种想法就应该能替代其他种种的快乐:他正是在死亡之中找到自己的生命,找到自己的归宿……"

罗亭住口了,带着不由自主的腼腆的微笑垂下眼睛。

"您真是个诗人。"达里娅·米哈伊洛夫娜低声说。

所有的人心里都同意她的说法,——所有的人,除了皮加索夫。不等罗亭的长篇大论结束,他就悄悄地拿起帽子离去,对站在门边的潘达列夫斯基狠狠地低语说:

"不行!我还不如去找那些傻瓜!"

然而谁也没有挽留他,也没有发现他已经不在了。

端上了晚餐,半小时后,大家都离去了,有的步行,有的乘车。达里娅·米哈伊洛夫娜请罗亭留下过夜。亚历山德拉·帕夫洛夫娜和弟弟乘车回家,一路上对罗亭的过人的聪明几次表示赞叹和惊奇。沃伦采夫同意她的看法,但是他觉得,罗亭说的话有时有些含糊……就是说,不太容易理解,他这样补充说,大概是想把自己的意思说清楚;但是他的脸色阴郁,他的注视着马车里一个角落的目光,显得格外忧郁。

潘达列夫斯基解下他的绣花背带要躺下的时候,大声说:"一个非常机灵的人!"突然,他严厉地瞅了瞅服侍他的小僮,叫他出去。巴西斯托夫整夜没有睡,也没有脱衣服,他给他在莫斯科的一个朋友写信,一直写到早晨;娜塔利娅虽然脱了衣服上了床,但是一分钟也没有睡着,连眼也没有合。她用手支着头朝黑暗中凝视;她的血管狂热地跳动,沉重的呼吸时时使她的胸部起伏着。

4

第二天早上,罗亭刚穿好衣服,就有一个仆人奉了达里娅·米哈伊洛夫娜之命请他到她的书房去和她一同用茶。罗亭来到书房,看到只有她一个人。她极其亲切地向他问好,问他夜里睡得好不好。她亲手给他斟了一杯茶,甚至问他茶里加的糖够不够,还递给他一支香烟,并且一再表示奇怪,怎么没有和他早些相识。罗亭本想坐得稍远一些,但是达里娅·米哈伊洛夫娜却指指她圈椅旁边的一个小软凳请他坐下,便身子向他微倾,开始问起他的家世,问他有何打算和计划。达里娅·米哈伊洛夫娜说的时候很随便,听的时候也似听非听;但是罗亭却十分明白,她是在讨好他,几乎是在奉承他。她安排这次早晨的会晤,她穿得如此朴素而高雅脱俗,雷加米耶夫人①式!都不是平白无故的。但是,达里娅·米哈伊洛夫娜很快就不向他问这问那:她开始向他谈她自己,谈自己的青年时代,谈和她交往的人。罗亭关注地细听她娓娓而谈,但是——真是奇怪!——不论达里娅·米哈伊洛夫娜谈到什么人,站在前景上的总是她,惟有她,而别人却不知怎么都渐渐地模糊了,消失了,然而,罗亭由此却可以详尽无遗地知道,达里娅·米哈伊洛夫娜对某某达官说过些什么,她对某某名诗人有过什么影响。根据达里娅·米哈伊洛夫娜的话来判断,可能以为,最近二十五年里所有知名人士梦寐以求的只是一睹她的风采,赢得她的青睐。她随随便便地讲起他们,并不带有特殊的兴奋和颂扬,就像讲的都是自己人,还称有些人做"怪人"。她谈论他们,令人感到就像一个珠光宝气的框饰围绕着一块宝石,他们的名字好像众星捧月似的捧着一个最主要的名字——达里娅·米哈伊洛夫娜的名字……

  罗亭听着,抽着烟,不做声,只是偶尔在这位饶舌的贵妇人的谈话里插进只言片语。他善于说话,也爱说话,

---

① 雷加米耶夫人(1777—1849),巴黎著名文学政治沙龙的主持人,创作出以她的名字命名的某些时装。

和人交谈虽非他所擅长,然而他也善于听对方说。随便什么人,只要一上来没有被他的声势吓倒,都会在他面前信赖地畅所欲言:他是很乐于赞许地倾听别人叙述的线索的。他生性非常善良——那种惯于自以为高人一等的人们心里充溢着的那种特殊的善良。在辩论中,他很少让对方把话说完,就用他那疾风迅雨似的充满激情的雄辩把对方压倒。

达里娅·米哈伊洛夫娜说的是俄语。她喜欢炫耀她对祖国语言的知识,虽然她常常会脱口说出一些法文语调和法语词汇。她故意用一些普通老百姓的用语,但用得并不都恰当。达里娅·米哈伊洛夫娜口中的这种奇怪的杂烩似的语言,罗亭听了并不觉得刺耳,而且他的耳朵也未必有这么灵敏。

达里娅·米哈伊洛夫娜终于说累了,把头靠着圈椅的靠背,眼睛注视着罗亭,不再做声。

"现在我明白了,"罗亭开始缓慢地说,"我明白您为什么每年夏天都要到乡间来。这种休息对您是必不可少的。您厌烦了京城喧嚣的生活,乡间的宁静会使您的身心为之一爽,恢复健康。我相信,您对大自然的美一定深有感受。"

达里娅·米哈伊洛夫娜用眼角瞟了罗亭一眼。

"大自然……是啊……是啊,那还用说……我热爱大自然,不过您要知道,德米特里·尼古拉伊奇,就是在乡间也不能离群索居呀。可是这里几乎可说一个人也没有。皮加索夫就算是这儿顶顶聪明的人了。"

"就是昨天那个爱发脾气的老头儿?"罗亭问。

"不错,就是他。然而在乡间,就是他也行——哪怕有时逗人发个笑也行。"

"他这个人并不傻。"罗亭说,"但是他走错了路。不知您是否同意我的看法,达里娅·米哈伊洛夫娜,但是否定——一概的、全盘的否定——是没有好处的。您否定一切,就能很容易地被誉为聪明人:这种花招随便什么人都懂。老实人听了马上会下个结论。认为您比您所否定的要高出一筹。然而,这往往是不对的。第一,十全十美的事物是没有的;第二,即使您的话说得有理,这对您更为不利,您把聪明才智都用在否定上,它就会渐渐黯然失色,日渐枯萎。您固然满足了您的虚荣心,却失去真正的自我观察的乐趣;而生活——生活的实质——却被您的琐屑的、偏颇的观察忽略了,结果您只能成为一个整天骂骂咧咧、惹人发笑的人。

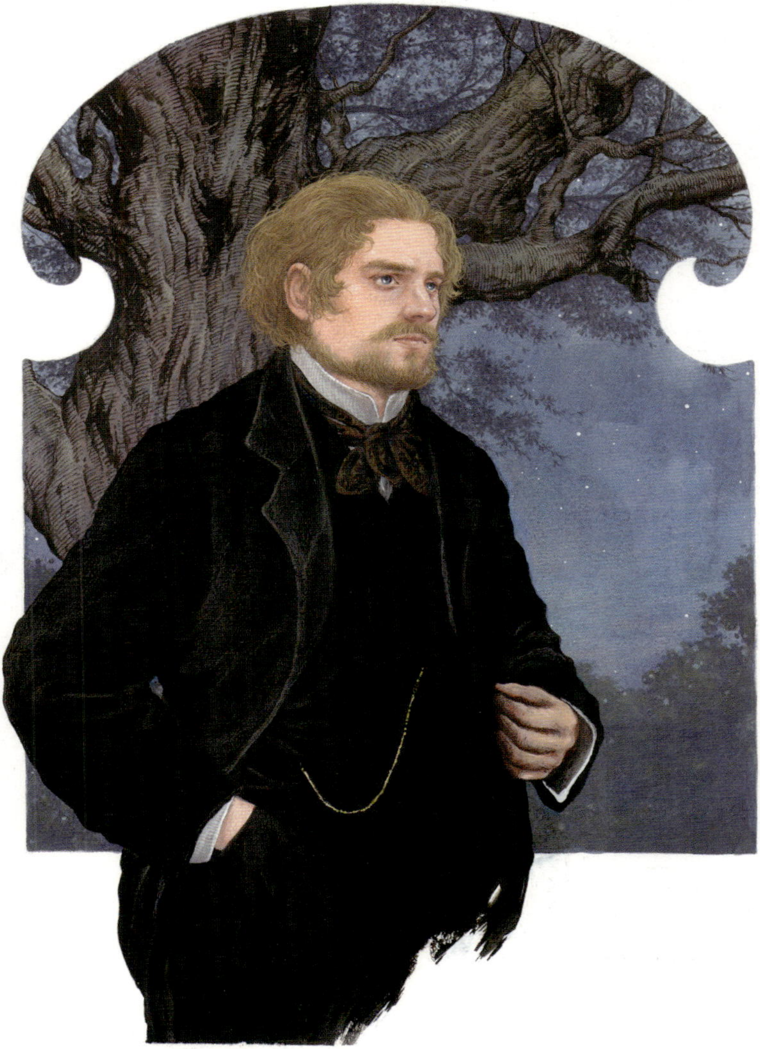

只有爱别人的人，才有权指摘别人，训斥别人。"

"所以皮加索夫先生就完蛋了，"达里娅·米哈伊洛夫娜说，"您真不愧是慧眼识人的大师！但是，皮加索夫一定不会了解您。他爱的只是他自己。"

"而他之所以骂他自己，就是为了可以有权去骂别人。"罗亭接话说。

达里娅·米哈伊洛夫娜笑了起来。

"这才叫病人……这话是怎么说的来着……硬把自己的毛病安到健康人身上。①我们顺便说说，您觉得男爵怎么样？"

"男爵么？他是个好人，心地善良，知识广博……但是没有性格……所以他这一辈子只能一半是学者，一半是上流社会的座上客，就是说，始终只能是半瓶醋，坦白地说，搞不出名堂来……真可惜！"

"我的看法也是如此，"达里娅·米哈伊洛夫娜说，"我读了他的文章……我们只能私下说说……文章并不深刻。"

"那么，你们这儿还有什么人呢？"罗亭沉默了一会儿，再问。

---

① 这句话是"诿过于人"的意思。

达里娅·米哈伊洛夫娜用小指头弹掉烟灰。

"此外差不多就没有什么人了。有您昨天见过的利平娜，亚历山德拉·帕夫洛夫娜：她非常可爱，不过也仅此而已。她的弟弟——人也很好，一个非常正派的人，还有加林公爵您是知道的。就是这些。还有两三个邻居，但是已经不值一提。不是装腔作势，自命不凡，就是没有见过世面，要不就是不分场合地放肆随便。至于太太们，您知道，我和她们没有见过面。还有一位邻居，据说，很有些学问，甚至很渊博，但是脾气古怪得要命，满脑子的幻想。亚历山德拉认识他，好像，对他还有些好感……您倒是应该关心关心她，德米特里·尼古拉伊奇，她是个很可爱的人，只是得帮助她稍稍提高一些，一定要帮助她提高！"

"她非常讨人喜爱。"罗亭说。

"完全是个孩子,德米特里·尼古拉伊奇,真是个小娃娃。她结过婚，但是这没有关系。我要是个男人，我只会爱上这样的女人。"

"真的吗？"

"一定。这样的女人至少是充满活力的，而充满活力是假装不来的。"

"那么，别的都是可以假装的么？"罗亭问了就笑起来，这在他是罕见的。他一笑，脸上就露出一种异样的、几乎像老年人的表情，眼睛眯细，鼻子皱起来……

"您说的利平娜太太对他不无好感的那个怪人是谁？"他问。

"一个姓列日涅夫的，叫米哈伊洛·米哈伊雷奇，本地的地主。"

罗亭听了有些吃惊，抬起头来。

"列日涅夫，米哈伊洛·米哈伊雷奇？"他问，"他难道是您的邻居？"

"是的。您认识他？"

罗亭沉默了片刻。

"我以前认识他……很久以前。他好像很有钱吧？"他加了一句，用手抚摩着圈椅的边饰。

"是的，有钱，可是穿得蹩脚透了，还驾一辆跑车，像个管家。我想请他来：听说他很聪明，我有点儿事要找他……我的田庄由我亲自管理，这您是知道的吧？"

罗亭点点头。

"是的，我亲自管，"达里娅·米哈伊洛夫娜接着说，"我可不去学什么外国的那一套瞎胡来的法子,我只遵循我们自己的、俄国的办法,而且您看,搞得似乎还不错吧。"她又补充说,挥了挥手。

"我一向深信,"罗亭很有礼貌地说,"那些不承认妇女有实际办事能力的人,是十分不公平的。"

达里娅·米哈伊洛夫娜高兴地笑了。

"您过奖了,"她说,"可是我要说什么来着?我们刚才说什么啦?哦,说列日涅夫。我要跟他办点儿划定地界的事。我几次三番请他来,今天我还在等他;可是他,真是天晓得,就是不来……真是个怪人!"

门帷轻轻地分开,一个高个子的管家走了进来,他灰白头发,秃顶,身穿黑色燕尾服和白背心,系着白领带。

"什么事?"达里娅·米哈伊洛夫娜问,接着把头微微转向罗亭,低声说:"他真像康宁①,是吗?"

"米哈伊洛·米哈伊雷奇·列日涅夫来了,"管家通报说,"您见他吗?"

"啊,我的天哪!"达里娅·米哈伊洛夫娜叫起来,"刚

---

① 乔治·康宁(1770—1827),英国保守派政治家。

提到他,他就来了。请!"

管家走了出去。

"真是个怪人,总算来了,可来得不是时候:把我们的谈话给打断了。"

罗亭从座位上站起来,但是达里娅·米哈伊洛夫娜要他留下。

"您到哪儿去?当您的面我们也可以谈。我希望您像给皮加索夫下断语那样,也给他下个断语。您说起话来,就像用刀子雕刻一样。您别走。"

罗亭想说什么,但是想了一想,就留下了。

读者已经认识的米哈伊洛·米哈伊雷奇走进书房。他还穿着那件灰色外套,晒黑的手里拿的也还是那顶旧制帽。他态度沉着地向达里娅·米哈伊洛夫娜一鞠躬,便走到茶桌跟前。

"您终于光临了,麦歇[①]列日涅夫!"达里娅·米哈伊洛夫娜说,"请坐。我听说,你们二位本来认识。"她指着罗亭继续说。

---

① 麦歇是法语中的"先生"。

列日涅夫看了罗亭一眼，似乎很异样地笑了笑。

"我认识罗亭先生。"他略微点了点头，说。

"我们上大学的时候在一起。"罗亭低声说，垂下眼睛。

"后来我们也见过面。"列日涅夫冷冷地说。

达里娅·米哈伊洛夫娜有些诧异地望了望他们俩，请列日涅夫坐下。他坐下了。

"您要见我，"他开始说，"是为了划定地界的事吧？"

"是的，是为地界的事，不过我还是想看看您。我们不是近邻吗，好像还沾点儿亲。"

"真是不胜感谢，"列日涅夫说，"至于划地界的事，我和贵管家已经完全谈妥了：他的建议我都同意。"

"这我知道。"

"不过他对我说，不跟您面谈就不能签契约。"

"是的，这是我订出的规矩。顺便问一下，好像您的农奴都是缴代役租①的吧？"

"正是。"

"为了划定地界的事还用您亲自操心吗？这真令人钦佩。"

---

① 俄国的农奴分为两种：一种是劳役租制（无偿地为地主劳动）的农奴；一种是代役租制（交纳田租）的农奴。

列日涅夫沉默了一会儿。

"所以我就前来跟您面谈了。"他说。

达里娅·米哈伊洛夫娜冷笑了一声。

"我看见您来了。听您说这话的口气……您一定非常不乐意上我这儿来吧。"

"我哪儿都不去。"列日涅夫冷冷地说。

"哪儿也不去?您不是常到亚历山德拉·帕夫洛夫娜那儿去吗?"

"我和她的弟弟是老相识。"

"和她的弟弟!不过,我是不愿意强人所难的……可是,您别见怪,米哈伊洛·米哈伊雷奇,我比您大上几岁,我可以数落您几句:您何苦要过这种与世隔绝的生活?是您不喜欢我的房子,还是您不喜欢我?"

"我对您并不了解,达里娅·米哈伊洛夫娜,所以我也不可能不喜欢您。您的房子好极了;但是,我坦白地向您承认,我不喜欢让自己受拘束。我连一件像样的礼服都没有,手套也没有,而且,我也不属于你们的圈子。"

"论出身,论您受的教育,您都是属于我们圈子的,米哈伊洛·米哈伊雷奇!您是我们圈子里的。"

"我们不谈出身和教育,达里娅·米哈伊洛夫娜!问题不在这里……"

"一个人应该跟人们来往,米哈伊洛·米哈伊雷奇!何苦像第欧根尼① 那样坐在桶里呢?"

"第一,他待在那里觉得挺舒服;再说,您怎么知道我不跟人们来往呢?"

达里娅·米哈伊洛夫娜咬了咬嘴唇。

"那就又当别论了!我只好感到遗憾,无缘跻身于贵友的行列。"

"麦歇列日涅夫,"罗亭插嘴说,"似乎把那种最值得称赞的感情——爱自由的感情——过分夸大了。"

列日涅夫没有回答,只看了罗亭一眼。接着是短暂的沉默。

"那么,夫人,"列日涅夫开始说,一边站起身来,"我可以认为我们的事情算谈完了,我可以告诉贵管家,让他把契约给我送来吧。"

---

① 第欧根尼(约公元前 404—约前 323),古希腊犬儒学派哲学家,对生活的舒适完全置之漠然。传说他住在桶里,亚历山大王来看他,问他有什么要求,他回答说:"请走开些,别挡住我的阳光。"

"可以……尽管我得老实说，您的态度是那么不友好……我就该拒绝您的。"

"其实，这次划地界，对您要比对我划算得多。"

达里娅·米哈伊洛夫娜耸了耸肩。

"您连在我家用点儿早餐都不愿意么？"她问。

"太谢谢啦：我一向不吃早饭，而且我要赶紧回家去。"

达里娅·米哈伊洛夫娜站起身来。

"那我就不留您了，"她走向窗口，说，"我不敢留您。"

列日涅夫开始行礼告辞。

"再见，麦歇列日涅夫！恕我麻烦您了。"

"没关系，不用客气。"列日涅夫说了就走了出去。

"领教了吗？"达里娅·米哈伊洛夫娜问罗亭，"我听人说他是个怪物；不过这也真要不得！"

"他跟皮加索夫害的是同样的毛病，"罗亭说，"都想要显得与众不同。那一位想扮靡非斯特①，这一位想扮成犬儒主义者②。在这一切里面，自私自利的成分太多，虚荣心

---

① 靡非斯特：歌德著名诗剧《浮士德》中的魔鬼。喻否定一切、怀疑一切的反面典型人物。
② 指玩世不恭的人。

太多，但是真诚和爱却不够。其实，这也是一种打算：一个人戴上一副冷漠和懒散的面具，就以为，没准有人会想：瞧这个人，把自己大好的才能都给断送了！可是你再仔细一瞧——其实他什么才能都没有。"

"这一回是说第二个了！"达里娅·米哈伊洛夫娜说，"您对人下的断语真是一针见血！什么都逃不过您的法眼哪。"

"您这样想么？"罗亭说，"不过，"他接着说，"说实在的，我不应该议论列日涅夫；我爱过他，像爱朋友那样爱他……但是后来由于种种误会……"

"你们吵架了么？"

"没有。但是我们分手了，而且似乎是永远分手了。"

"这我看出来了，他在这儿的时候您一直好像不自在……不过，我非常感谢您今天早上陪我说话，使我过得极为愉快。得啦，该知足啦。您请便吧，早餐时再见。我自己要去料理一些事情。我的秘书，您见过他——康斯坦丁——这就是我的秘书，——大概已经在等我了。我要把他介绍给您；他是个非常好的青年，做事任劳任怨，对您十分钦佩。再见，亲爱的德米特里·尼古拉伊奇！我多么感激男爵让我们相识啊！"

于是达里娅·米哈伊洛夫娜把手伸给罗亭。他先是握了握它，然后举到唇边，便走出来，来到大厅，又从大厅走到阳台上。在阳台上，他遇到了娜塔利娅。

5

达里娅·米哈伊洛夫娜的女儿娜塔利娅·阿列克谢耶夫娜，乍一看也许并不让人喜欢。她还没有发育完全，瘦削，肤色微黑，背略有些驼。但是她的五官却是美丽端正的，虽然对一个十七岁的少女来说，脸稍微嫌大了一些。特别美的是她那两道仿佛是从当中一分为二的纤眉上的平整光洁的前额。她说话不多，听人说话和望着人的时候都很注意，几乎是聚精会神，——仿佛她自己要把一切都弄个明白。她常常一动不动地站着，垂着双手，沉思起来；这时她脸上就表现出她内心的思想活动……她的唇边突然会掠过一丝几乎不可觉察的微笑而又消失；深色的大眼睛慢慢地抬起来……"您怎么啦？"彭果小姐问她，接着就开始数落她说，一个年轻姑娘这样想心事，神思恍惚，是有失体统的。其实娜塔利娅并不是神思恍惚，相反，她学习很用功，喜欢读书和做活。她的感情深沉而强烈，然而却藏在心里；她小时候都很少哭，现在更是连叹气都很难得了，有什么事情使她苦恼的时候，她只是脸色变得有些苍白。她母亲当她是个老实懂事的姑娘，开玩笑叫她：我女儿是个老实人，而对她的聪明才智评价却不太高。"幸好我的娜塔莎很冷静，"她常说，"不像我……这样倒好。她会幸福的。"达里娅·米哈伊洛夫娜错了。话又说回来，能够了解自己女儿的母亲，是不多见的。

娜塔利娅爱她的母亲，但并不完全信任她。

"你幸好没有什么事要瞒我，"有一次达里娅·米哈伊洛夫娜对她说，"否则的话，你会瞒得紧紧的：你心里可有主意啦……"

娜塔利娅瞧了瞧母亲的脸，心里想："为什么不能心里有主意呢？"

罗亭在阳台上遇到她的时候，她正要和彭果小姐走进室内，准备戴上帽子到花园里去。她的早课已经完毕。家里已经不再把娜塔利娅当做小女孩看待，彭果小姐早就不再给她上神话课和地理课；但是娜塔利娅每天早上还要在她面前读历史书、游记和别的有教益的著作。这些书都是达里娅·米哈伊洛夫娜挑选的,好像她自有一套系统。其实她只是把彼得堡的一个法国书商寄给她的书统统给娜塔利娅,当然不包括小仲马公司出版的那些长篇小说。达里娅·米哈伊洛夫娜把这些小说留给自己读。当娜塔利娅读历史书的时候,彭果小姐总要透过眼镜特别严厉、特别不高兴地不时看看她:照这位法国老小姐的理解,全部历史都充斥着读不得的东西,虽然她自己不知为什么在古代伟人中只知道一个冈比西①,而近代的只知道路易十四和她痛恨的拿破仑。但是娜塔利娅还读一些彭果小姐压根没有料到居然会存在的书:她熟读普希金的全部著作……

遇到罗亭,娜塔利娅的脸微微一红。

"你们去散步?"他问她。

"是的。我们到花园里去。"

"可以跟你们一块去吗?"

娜塔利娅望了望彭果小姐。

"当然,先生,很高兴。"老处女连忙说。

---

① 冈比西,古波斯帝国国王(公元前529—前522年在位),曾征服埃及。

罗亭拿了帽子，跟她们一起去。

娜塔利娅和罗亭并排走在一条小径上，起初觉得有些拘谨，过了一会儿，才自然了些。他开始问她在做些什么，喜不喜欢乡下。她回答时不免有些胆怯，但并不是人们常常装出来的，也常被认做羞答答的那种慌张的羞怯。她的心在跳。

"您在乡间不感到寂寞吗？"罗亭问，用眼角看了她一眼。

"在乡间怎么会感到寂寞呢？我非常高兴我们住在这里。我在这里幸福极了。"

"您幸福……这是个伟大的字眼。不过这是可以理解的：您年轻。"

罗亭说最后这句话时语气有些异样：不知他是在羡慕娜塔利娅呢，还是为她惋惜。

"是啊！青春！"他接着说，"科学的全部目的，就是要有意识地取得青春不花代价得到的一切。"

娜塔利娅注意地看了看罗亭：她不懂得他的意思。

"今天我跟令堂谈了一个早上，"他继续说，"她是个不平常的女人。我这才明白，为什么我们所有的诗人都珍视她的友谊。您喜欢诗吗？"他停了一下，又说。

"他是在考我呢，"娜塔利娅心里想，就说："是的，非常喜欢。"

"诗——这是诸神的语言。我自己也喜欢诗。但是，诗不仅仅是在诗句里：它无所不在，它就在我们周围……您看看这些树，您看看这天空——处处都散发着美和生命；而哪里有美和生命，那里就有诗。"

"我们就在这儿，在这凳子上坐下吧，"他接着说，"就这样。我不知为什么觉得，等您对我更熟悉一些（他带着微笑看了看她的脸），我们就会成为朋友。您想是吗？"

"他对待我就像对待小女孩一样。"娜塔利娅心里又想，不知道说什么是好，就问他是不是打算在乡下久住。

"整个夏天、秋天，也许还要过冬天。您知道，我这个人是一无所有：我的家业败落，再说，老是这样漂泊无定，我已经厌倦了。是该休息的时候了。"

娜塔利娅感到惊讶。

"难道您以为，您是该休息了的时候了么？"她胆怯地问。

罗亭转过脸来对着娜塔利娅。

"您说这话是什么意思？"

"我是想说,"她有些不好意思地说,"别人可以休息;而您……您应该工作,尽力做个有用的人。要不是您,那还有谁……"

"蒙您夸奖,"罗亭打断了她的话,"做一个有用的人……谈何容易哪!(他用手抹了抹脸。)做一个有用的人!"他重复说,"即使我有坚定的信念,相信我可以做一个有用的人——即使我相信自己的力量,——可是叫我又到哪里去找那些真诚的、富有同情心的人呢?"

罗亭说了就那样绝望地挥了挥手,那样伤心地垂下了头,娜塔利娅看了不禁问自己:得啦,昨天晚上她听到的那番热情洋溢、充满希望的话,难道是他说的?

"可是,不,"他猛地把他那狮鬃似的头发一甩,又说,"这是胡说,您说得对。我感谢您,娜塔利娅·阿列克谢耶夫娜,我真心地感谢您,(娜塔利娅完全不明白,他为什么要感谢她。)您一句话向我提醒了我的责任,给我指出了道路……是啊,我应该行动。我不应该埋没我的才能,假如我是有才能的;我不该把自己的精力全浪费在空谈上,浪费在空洞无益的废话上……"

于是,他就滔滔不绝地说起来。他说得动听,热情,令人信服——说到胆小和懒惰的可耻,说到必须有所作为。他把自己批评得体无完肤,说明在没有动手做事之前先发议论是有害的,就像用针去扎破一个熟透了的果子一样,只是白费力气和糟蹋果汁。他断言,凡是崇高的思想,决不会得不到同情;只有那些或是自己还不知道自己要做什么,或是不配被人理解的人们,才会始终不为人们所理解。他说了很久,最后他再次感谢娜塔利娅·阿列克谢耶夫娜,还完全出人意料地紧握了她的手,说:"您是一个非常美好的、高尚的人!"

这个出乎常轨的举动使彭果小姐大为惊讶,她虽然在俄国住了四十年,但是听俄国话仍旧很费劲,对于罗亭的娓娓动听、从容流畅的言谈,只有惊叹的份儿。但是,在她的眼中,他近乎是一位技艺高超的乐师或是演员之类的人物;照她的理解,对这一类人是不能要求他们遵守礼法的。

她站起身来,急忙整了整身上的衣服,就对娜塔利娅说,该回去了,而且沃林索夫先生(她这样称呼沃伦采夫)要来进早餐。

"瞧,他不是来啦!"她望了望通往宅子的一条林阴路,加了一句。

果然,沃伦采夫在不远的地方出现了。

他迈着踌躇的步子走过来,老远就向大家鞠躬,脸上带着近乎痛苦的神情对娜塔利娅说:

"啊!你们在散步吗?"

"是的,"娜塔利娅说,"我们已经要回去了。"

"哦!"沃伦采夫说,"那我们就一块走吧。"

于是大家一同向宅子走去。

"令姐好吗?"罗亭用一种特别亲切的语调问沃伦采夫。他昨天就对沃伦采夫非常亲切。

"十分感谢。她很好。她今天也许会来……我来的时候,你们好像在谈论什么吧?"

"是的,我在同娜塔利娅·阿列克谢耶夫娜聊天。她对我说了一句话,对我起了强烈的影响……"

沃伦采夫并没有问这是句什么话,大家在深深的沉默中回到达里娅·米哈伊洛夫娜的屋子里。

* * *

午餐前,沙龙又集合了。可是皮加索夫没有来。罗亭的兴致不高;他老是请潘达列夫斯基弹奏贝多芬的乐曲。

沃伦采夫一言不发,眼睛望着地面。娜塔利娅一直待在母亲身旁,时而沉思,时而去做刺绣。巴西斯托夫老是用眼睛盯着罗亭,一直期待着他会不会说出什么精辟的话。三个钟头就这样相当单调地过去了。亚历山德拉·帕夫洛夫娜没有来吃午饭,大家刚离开餐桌,沃伦采夫就吩咐给他套车,也没有向任何人告辞,就悄悄地走了。

他很苦闷。他早就爱着娜塔利娅,一直打算向她求婚……她待他很好——但是她的心始终是平静的:对这一点他看得很清楚。他也并不奢望在她心中唤起更多的柔情,只是等待着有一个时刻,她会对他十分熟稔,和他亲近。究竟是什么使他不安?这两天里,他注意到了什么变化呢?娜塔利娅对待他和以前完全一样呀……

是不是他心里有着一个牢牢不变的想法:他也许根本不了解娜塔利娅的性格,她对他也许比他所想象的更为陌生。是不是他心中已经起了妒意,是不是他模模糊糊地预感到事情不妙……不管他怎样自我劝慰,他内心仍然感到痛苦。

他回到姐姐那里的时候,列日涅夫正在她那里。

"你怎么这么早就回来了?"亚历山德拉·帕夫洛

夫娜问。

"没什么！怪无聊的。"

"罗亭在吗？"

"在。"

沃伦采夫把帽子一扔，坐了下来。

亚历山德拉·帕夫洛夫娜兴冲冲地对他说：

"谢辽沙①，请你来帮我说服这个顽固的家伙（她指指列日涅夫），让他相信罗亭非常聪明，而且非常有口才。"

沃伦采夫嘟囔了一句什么。

"我一点儿也不跟您争辩，"列日涅夫开始说，"我并不怀疑罗亭先生的聪明和口才；我只是说，我不喜欢他。"

"你已经见过他了？"沃伦采夫问。

"今天早上在达里娅·米哈伊洛夫娜家里见过他。现在他在她家里可是被奉若上宾啊。有朝一日，她和他也会分手——惟独和潘达列夫斯基她才永远分不开——可是眼下，罗亭可是在称王啊。我看见过他，那还用说！他坐在那儿，她就把我像展览品似的让他看：好像是说，看哪，老

---

① 谢辽沙是谢尔盖的爱称。

兄,我们这儿都出了些什么样的怪物!可我又不是养马场的马——不习惯让人牵出去给人看。于是我拔脚就走了。"

"你到她家去干什么?"

"为了划定地界的事,其实这是瞎说说的,她不过是想看看我的这副尊容罢了。人家是位贵妇人嘛——这谁还不知道!"

"这无非是他的优越的地位伤了您的自尊心罢了!"亚历山德拉·帕夫洛夫娜激动地说,"所以您才不能原谅他。可是我相信,除了聪明才智以外,他的心地一定也非常好。您只要看看他的眼睛,当他……"

"当他大谈其崇高的正直①……"列日涅夫接嘴说。

"您再惹我生气,我可要哭啦。我打心眼里后悔没有到达里娅·米哈伊洛夫娜那儿去,反而留下来陪您。您不配。您别再逗我啦,"她恳求说,"您还是给我讲讲他的青年时代吧。"

"讲罗亭的青年时代?"

"是啊,您不是对我说过,您对他很熟悉,早就认识他

---

① 引自格里鲍耶陀夫的喜剧《聪明误》。

了么？"

列日涅夫站起身来，在室内来回走着。

"是的，"他开始说，"我对他很熟悉。您是要我给您讲他的青年时代吗？好吧。他出生Ｔ省一个贫寒的地主家庭里。他父亲早故。撇下他和他母亲。她是一个十分善良的女人，他就是她的命根子：她自己终年只吃燕麦，把所有的钱都花在他身上。他是在莫斯科上的学，先是靠一个什么叔叔周济，后来他年纪大些，翅膀硬了，就靠他巴结上的……哦，请原谅，下次不说了……是结交上的一个有钱的小公爵。后来他进了大学。我是在大学里认识他的，跟他成了非常要好的朋友。关于我们那一段的生活，将来我再给您讲。现在我不能讲。后来他就出国去了……"

列日涅夫继续在室内走来走去。亚历山德拉·帕夫洛夫娜的眼睛一直盯着他。

"到了国外，"他继续说，"罗亭极少给他母亲写信，总共只回国探望过她一次，待了十来天……老太太死的时候，他不在跟前，是由外人照料的，可是她一直到咽气眼睛都没有离开过他的画像。我住在Ｔ省的时候，常去看她。她是个善良的女人，非常好客，总请我吃樱桃酱。

她爱她的米佳①爱得发疯。毕巧林式的先生们②会对你们说，我们总是爱那些本身不善于爱的人，可是我却认为，天底下的母亲都爱自己的孩子，尤其是那些不在身边的孩子。后来，我在国外又遇到罗亭。在那儿，有一位太太缠着他，她是我们俄国人，是一位女学究，年纪已经不轻，长得也不漂亮，倒也像个女学究的模样。他跟她在一块混了相当长的时间，最后把她甩了……或是，对不起，我说得不对：是她把他甩了。这时候，我也把他甩了。就是这些。"

列日涅夫住口了，用手摸摸额头，好像疲倦了似的往圈椅上一坐。

"您知道吗，米哈伊洛·米哈伊雷奇，"亚历山德拉·帕夫洛夫娜开始说，"我看您这个人真不善，真的，您并不比皮加索夫好。我相信，您说的句句是真话，您一点儿没有瞎编，可是您是用多么不友好的口吻来描述这一切啊！什么这个可怜的老太太啦，她对儿子的热爱啦，她的孤独的

---

① 米佳是德米特里的爱称。
② 毕巧林是俄国诗人莱蒙托夫的小说《当代英雄》中的主人公，是俄国文学中一个"多余人"的形象。这里是指毕巧林的模仿者。

死啦,这位太太啦……这一切的用意何在呢?您可知道,对一个哪怕是最好的好人,也可以用那样的色彩来描绘他的生活——请注意,不必添枝加叶,——让任何人看了都会大吃一惊!其实,这也是一种诽谤!"

列日涅夫站起来,又在屋子里走来走去。

"我压根没有想让您大吃一惊,亚历山德拉·帕夫洛夫娜。"他终于说。"我不是一个爱诽谤别人的人。可是,"他想了一想,又说,"您的话的确有一部分道理。我并没有诽谤罗亭;可是——有谁知道!——也许,他从那时起已经改变了——也许是我对他抱有成见。"

"啊!原来是这样……那您就该答应我和他恢复交情,好好地去了解他,到那时候再把您对他的结论告诉我。"

"好吧……可是,你怎么老不开口,谢尔盖·帕夫里奇?"

沃伦采夫好像被人叫醒似的一怔,抬起头来。

"叫我说什么呢?我又不了解他。再说,今天我头疼。"

"真的,今天你的脸色不好看,"亚历山德拉·帕夫洛夫娜说,"你不舒服?"

"我头疼。"沃伦采夫又说一遍,就走了出去。

亚历山德拉·帕夫洛夫娜和列日涅夫目送他出去，交换了眼色，但是彼此什么也没有说。沃伦采夫有心事，这无论对他或是对她，都不成其为秘密了。

6

两个多月过去了。在整整这一段时间里，罗亭几乎没有离开过达里娅·米哈伊洛夫娜。她少了他就不行。跟他谈谈她自己，听听他的议论，已经成了她的需要。有一次他要走，理由是他的钱花完了；她就给了他五百卢布。他还向沃伦采夫借了两百卢布。皮加索夫来看达里娅·米哈伊洛夫娜的次数比以前大大地减少了：罗亭的在场使他感到受压。不过话又说回来，感到这种压力的又何止皮加索夫一个。

"我不喜欢这位聪明人，"皮加索夫常说，"他说起话来装腔作势，活脱是俄国小说里的人物；他先说一声'我'，就不胜感动地停下……'我，他说，我呀……'用的词总是啰啰唆唆。你要是打个喷嚏，——他马上就会说出一番道理,证明为什么你正是要打喷嚏而不是咳嗽……他要是夸赞你——就像他是在给你加官晋爵……他要是责骂自己,就把自己骂得狗血喷头,——叫人以为,这一来他可没脸见人了吧。没有的事!他反而更来劲了,好像是灌足了烈性伏特加。"

潘达列夫斯基有几分惧怕罗亭,一味小心翼翼地讨好他。沃伦采夫和他的关系很微妙。罗亭称他骑士,当面背后都捧他;但是沃伦采夫却无法喜欢他,每逢罗亭当着他的面来分析他的优点时,他总感到一种不由自主的不耐烦和恼怒。"他是不是在取笑我?"这样一想,敌意就在他心里油然而生。沃伦采夫竭力要克制自己,但是为了娜塔利娅,他对罗亭怀有妒意。至于罗亭本人,尽管他总是兴高采烈地欢迎沃伦采夫,尽管称他骑士,还向他借钱,恐怕也未必对他真有好感。老实说,当他们像朋友似的互相紧紧握手,四目对视的时候,这两个人心里究竟有何感想,是很难断定的……

巴西斯托夫继续崇拜着罗亭,认真仔细地聆听他说的每一句话。罗亭却不大注意他。有一次罗亭不知怎的和巴西斯托夫在一起度过整整一个早晨,和他讨论世界上最重大的问题和任务，激起他无限的兴奋，可是后来就不再理他了……他嘴上说要寻找纯洁热忱的灵魂，显然，这不过是说说而已。列日涅夫开始常来拜访达里娅·米哈伊洛夫娜，罗亭甚至不去和他争论，似乎还回避他。列日涅夫对罗亭也是冷冷的，但是却没有说出他对罗亭最后的看法，这使亚历山德拉·帕夫洛夫娜感到非常纳闷。她崇拜罗亭，但是她也信任列日涅夫。达里娅·米哈伊洛夫娜一家上下对罗亭真是百依百顺：他的最微小的愿望无不得到满足。每天的活动怎么安排，都由他来决定。没有一次游乐能少了他。可是，他对于种种即兴的出游和娱乐并没有多大兴趣，只是带着亲切的、而又感到有些乏味的俯就来凑凑兴，就像大人来参加孩子们的游戏一样。然而，他却又样样事情都要过问：和达里娅·米哈伊洛夫娜讨论她对田庄的管理，讨论对孩子们的教育、家务以及种种事务；他仔细听她的各种打算，甚至一些琐事也没有使他感到厌烦，他还向她提出改进办法和新的措施。达里娅·米哈伊洛夫娜在口头上对这些都表示赞赏——不过也仅此而已。在经营管理方面，她一概依照她的管家的劝告办事。这个管家是一个上了年纪的、独眼的小俄罗斯人,一个和善的老滑头。"年老的主意多,年轻的没奈何。"他常常安静而得意地微笑着这样说,一面眨着他的那只独眼。

除了跟达里娅·米哈伊洛夫娜本人,罗亭无论跟谁都没有像跟娜塔利娅谈话的次数那么多,时间那么长。他常悄悄地拿书给她看,推心置腹地把自己的计划告诉她,把他所构思的文章和著述的开头几页念给她听。娜塔利娅对其中的意义常常似懂非懂。但是,罗亭似乎并不十分在乎她是否能听懂——只要她听他说就行。对于他和娜塔利娅的接近,达里娅·米哈伊洛夫娜并不太高兴。"不过,"她想,"在乡下随她去和他瞎聊吧。她像个小女孩似的,使他觉得好玩。这没啥了不起的,她还可以增长些知识……到了彼得堡,我会把一切都改变过来……"

达里娅·米哈伊洛夫娜想错了。娜塔利娅并不是像小女孩那样跟罗亭瞎聊:她如饥似渴地倾听他的话,极力用心去琢磨它们的意义;她把自己的想法和自己的怀疑都告诉他,听他评判;他成了她的导师,她的领袖。到目前为止,她只是头脑发热……然而年轻人是不会只让头脑长时间地发热的。在花园里的长凳上,在梣树轻纱般的树影里,罗亭开始给她朗诵歌德的《浮士德》,霍夫曼①或贝蒂娜②的《书简》,或诺瓦利斯③,不时停下来解释她觉得不明白的地方,这使娜塔利娅体验到多么甜美的时刻啊!她德语说得不好(我们所有的小姐几乎都是这样),但是理解力很强,而罗亭则是整个沉湎在德国诗歌、德国浪漫主义和哲学的天地之中,并且把她吸引到这些禁区里来。这些神妙而美好的禁区展示在她的全神贯注的眼睛前面;从罗亭手中的书本的篇页里,一个个奇妙的形象,一个个光辉的新思想,像一股股淙淙的清泉流进她的灵魂,而在她那为伟大感情的崇高喜悦所震撼的心田里,就悄悄地燃起神圣的喜悦的火花,并且炽燃起来……

"请告诉我,德米特里·尼古拉伊奇,"有一次,她坐在窗前做刺绣,开始说,"冬天您会到彼得堡去吧?"

"我不知道,"罗亭把他翻阅的书放在膝上,说,"要是能筹到钱,我就去。"

他说话时无精打采:他从早上就感到疲倦,什么事也

---

① 霍夫曼(1776—1822),德国作家,十九世纪杰出的小说家。
② 贝蒂娜(1785—1859),德国女散文作家。
③ 诺瓦利斯(1772—1801),德国诗人。原名哈登贝格。

不做。

"我想,您哪会筹不到钱呢?"

罗亭摇了摇头。

"这是您的想法!"

于是他便含有深意地望着一旁。

娜塔利娅想说什么,可是忍住了。

"您看,"罗亭开始说,用手朝窗外一指,"您看见这棵苹果树:它的果实累累,太重,使它折断了。它是天才的真实象征……"

"它折断,是因为没有东西支撑它。"娜塔利娅说。

"我懂得您的意思,娜塔利娅·阿列克谢耶夫娜;但是一个人要找到这种支持可不那么容易哪。"

"我觉得,别人的同情……无论如何,孤独……"

娜塔利娅说得有些乱,脸红了。

"那您冬天在乡间打算干什么呢?"她连忙加了一句。

"我打算干什么吗?我要写完我的长篇论文——您是知道的——关于生活中和艺术中的悲剧,前天我向您讲过文章的纲要——写好后我会把它寄给您。"

"要发表么?"

"不。"

"怎么不?那您辛辛苦苦是为谁写的呢?"

"就算是为您吧。"

娜塔利娅垂下了眼睛。

"那我可不敢当了,德米特里·尼古拉伊奇!"

"请问,论文写的是关于什么?"坐在稍远地方的巴西斯托夫谦逊地问。

"关于生活中和艺术中的悲剧,"罗亭重复说,"巴西斯托夫先生也会读到的。不过,论文的基本思想我还没有完全确定。我自己至今也还没有把爱情的悲剧的意义弄得十分清楚。"

罗亭喜欢谈爱情,也常常谈到它。起初,彭果小姐一听到"爱情"这两个字,就像老战马听到号声那样一震,竖起耳朵,可是渐渐地她也习以为常了,有时只是抿紧嘴唇,慢悠悠地嗅着鼻烟。

"我觉得,"娜塔利娅胆怯地说,"爱情中的悲剧就是不幸的爱情。"

"完全不是!"罗亭反驳说,"倒不如说这是爱情中可笑的一面……对这个问题应当有完全另一种提法……应当更深入地探讨……爱情！"他接着说,"爱情是怎样产生,怎样发展,怎样消失,这一切都是神秘的。有时它突如其来,毫不犹豫,像白昼那样令人欢欣愉快;有时像死灰下的余烬,久久地微燃着,等一切都破灭之后,又在灵魂中蹿出火苗;有时它像一条蛇钻进你的心里;有时又突然从心里溜出去……是啊,是啊;这是个重要的问题。可是在我们的时代有谁在爱?有谁敢于爱呢?"

于是,罗亭就沉思起来。

"怎么好久没有看见谢尔盖·帕夫里奇了?"他突然问。

娜塔利娅的脸一红,向绣架低下头去。

"我不知道。"她低声说。

"这个人是多么好,多么高尚啊!"罗亭站起身来,说,"他是当今俄国贵族的优秀的楷模!……"

彭果小姐把她那法国式的小眼睛斜过来瞟了他一眼。

罗亭在房间里来回走着。

"您有没有注意到,"他用鞋跟猛地一转,说道,"在橡树上——橡树是一种坚实的树——只有在嫩叶开始发芽的时候,老叶子才会凋落?"

"是的,"娜塔利娅慢慢地说,"我注意到的。"

"在一颗坚强的心里,旧的爱情也正是如此:它已经完全死了,可是仍旧留恋在那里,只有新的爱情萌芽,才能把它撵走。"

娜塔利娅没有回答。

"他这是什么意思?"她心里想。

罗亭站了一会儿,把头发一甩就走了。

娜塔利娅却回到自己的房间里。她满腹疑团,久久坐在自己的小床上,久久琢磨着罗亭的最后一句话,突然两手紧握,痛哭起来。她哭什么——只有上帝知道!她自己都不知道,她为什么会突然这样泪如泉涌。她把眼泪擦掉,可是它们又流出来,就像泉水从壅塞已久的泉眼里流出来似的。

* * *

就在同一天,亚历山德拉·帕夫洛夫娜和列日涅夫进行着一场关于罗亭的谈话。起初他总是避而不谈,但是她下决心非问个明白不可。

"我看,"她对他说,"您还是像从前一样不喜欢德米特里·尼古拉伊奇。我故意憋着一直不来问您;可是现在您已经有足够的时间来证实他是不是变了,同时我要知道,您为什么不喜欢他。"

"那就请听吧,"列日涅夫用他那惯常的冷淡的口吻说,"既然您实在憋不住了;不过,请注意,您可别生气……"

"行,您就说吧,说吧。"

"可是要让我把话说完。"

"行啊,行啊,您就说吧。"

"是,太太,"列日涅夫开始说,慢慢地坐到沙发上,"我告诉您,我确实不喜欢罗亭。他是个聪明人……"

"那还用说!"

"他是个非常聪明的人,虽然,实际上却很肤浅……"

"这说说是很容易的!"

"虽然,实际上却很肤浅,"列日涅夫重复说,"不过这还没有什么:我们这些人都很肤浅。我甚至不去责备他,说他内心深处是专横霸道,懒惰,学识也有限……"

亚历山德拉·帕夫洛夫娜拍了一下手。

"学识有限!罗亭!"她高声说。

"学识有限!"列日涅夫用同样的语调又重复了一遍,"喜欢用别人的钱过活,喜欢装模做样等等……这一切都还情有可原。糟糕的是，他冷得像冰。"

"他，这个火热的灵魂，还冷！"亚历山德拉·帕夫洛夫娜打断他的话。

"是啊，冷得像冰，他明知道这个，还装得像火热。糟糕的是，"列日涅夫继续说，他渐渐来了精神，"他在玩一场危险的赌博，对他当然并不危险；他自己连一个小钱、一根汗毛的赌注都不下——可是别人却把灵魂都押上了……"

"您说的是谁，说的是什么呀？我不明白您的意思。"亚历山德拉·帕夫洛夫娜说。

"糟的是，他不老实。他其实是个聪明人：他应当知道自己说出来的话有多少价值，可是他说起话来倒像是花了多大的代价似的……毫无疑问，他口才好；不过他的口才不是俄国式的。再说，一个年轻人说说漂亮话是可以原谅的，但是像他这般年纪，为了自己听着好听而说话就是可耻的了，为了炫耀自己是可耻的！"

"米哈伊洛·米哈伊雷奇，我觉得，一个人说话是不是在炫耀，别人听起来都一样……"

"对不起，亚历山德拉·帕夫洛夫娜，那可不一样。有的人对我说一句话,可以使我深受感动;另一个人说同样的话,或许说得更漂亮,——我听了,连耳朵都不动一动。这是为什么呢?"

"那是因为您不去动它。"亚历山德拉·帕夫洛夫娜插话说。

"不错,我是没有动它,"列日涅夫说,"尽管我的耳朵很大。问题是,罗亭的话始终只是空话,永远不会变成行动——同时就是这些空话会扰乱并且伤害一颗年轻的心。"

"您说的是谁,到底是说谁呀,米哈伊洛·米哈伊雷奇?"

列日涅夫停了一下。

"您想知道我说的是谁吗?我说的是娜塔利娅·阿列克谢耶夫娜。"

亚历山德拉·帕夫洛夫娜愣了一下,但是马上就笑起来。

"得啦吧,"她开始说,"您满脑子净是些奇奇怪怪的想法!娜塔利娅还是个孩子;再说,就算是有什么,难道您以为达里娅·米哈伊洛夫娜……"

"第一,达里娅·米哈伊洛夫娜是个利己主义者,她活着只为自己;第二,她深信自己教育子女的本领,头脑里压根儿没有想到要为他们担心。她会以为,呸,这怎么可能呢！她以为，只要她一摆手，威风凛凛地一瞪眼，——一切都会万事大吉。这位太太就是这么想的，她自以为是文艺保护者，是聪明人，是天晓得多么了不起的人物。其实，她只不过是上流社会的一个老婆子而已。但娜塔利娅可不是个娃娃。请您相信，她比您我都想得更多，更深。想不到这样一个真诚、充满热情而又急躁的性格，竟会碰上这么个戏子，一个卖弄风情的女人！不过，这也不足为奇。"

"卖弄风情的女人！您是叫他卖弄风情的女人！"

"当然，就是叫他……好，您自己说说看，亚历山德拉·帕夫洛夫娜，他在达里娅·米哈伊洛夫娜家里算个啥角色？他成了偶像，家里的先知；什么家务事啦、家庭里搬弄是非啦，拌嘴啦，样样都有他的份——这难道和一个男子汉的身份相称吗？"

亚历山德拉·帕夫洛夫娜惊讶地望了望列日涅夫。

"您真叫我认不出来了，米哈伊洛·米哈伊雷奇，"她说，"您的脸红了，您激动了。是的，这里面有什么难言之隐……"

"是啊，一点儿也不错！你根据你所确信不疑的来讲一件事情给一个女人听，可她硬是要想出一个不相干的琐屑的理由来，逼着你一定要照她的意思讲，她才会满意。"

亚历山德拉·帕夫洛夫娜生气了。

"好啊,麦歇列日涅夫!您攻击起女人来跟皮加索夫简直可以媲美;不过,随您的便,不管您的目光多么尖锐,我总难以相信,您在这么短的时间里就能把每一个人和每一件事都了解清楚。我看,您错了。照您的说法,罗亭岂不成了达尔杜弗①。"

"问题在于,他连达尔杜弗都不是。那个达尔杜弗至少还知道他所追求的是什么;而这一位,尽管聪明透顶……"

"怎么啦,他又怎么啦?把您的话说完呀,您这个人不公平,真讨厌!"

列日涅夫站了起来。

"请听我说,亚历山德拉·帕夫洛夫娜,"他开始说,"不公平的是您,而不是我。您生我的气,因为我尖锐地批评了罗亭:我有权利尖锐地说他!可能,我是付出不小的代价才取得这个权利的。我很了解他:我有很长一个时期和他生活在一起。您可记得,我曾答应过您,有一天我会把我们在莫斯科的生活讲给您听。看来,现在我不得不讲了。

---

① 达尔杜弗是法国著名剧作家莫里哀(1622—1673)的同名剧本《达尔杜弗》(一译《伪君子》)中的同名主人公。他的名字成为伪善人、伪君子的代名词。

不过，您有没有耐心听我讲完？"

"讲吧，讲吧！"

"那就请听吧。"

列日涅夫开始缓步在室内踱着，偶尔停下来，把头向前倾。

"您也许知道，"他说，"也许并不知道，我很早就父母双亡，到了十七岁上就没有人管束我。我住在莫斯科的姑母家里，一切都随心所欲。小时候我相当浅薄，自尊心强，爱卖弄小聪明，爱吹牛。进了大学，我的举止还像个小学生，不久我就惹出麻烦来了。这件事我不对您讲，不值一提。有一次我撒了个谎，撒的谎相当恶劣……我的谎言被戳穿，被揭发了，当众出了丑……我慌了，像孩子般的哭了起来。这事发生在一个熟人的住所里，当着好多同学的面。大伙都笑我，只有一个大学生除外，请注意，在我跟大家顶牛，死不肯承认我是撒谎的时候，他对我最生气。这时他不知是不是可怜起我来了，他挽着我，把我带到他的房间里去。"

"这就是罗亭？"亚历山德拉·帕夫洛夫娜问。

"不，这不是罗亭……这个人……现在他已经不在人世……这是一个不寻常的人。他的名字叫波科尔斯基①。要我用几句话来描述他,我办不到,可是只要一开始讲起他,我就不愿意再讲别人了。这是一个崇高的、纯洁的人,而像这样绝顶的聪明,我后来再也没有遇到过。波科尔斯基住的是一间又矮又小的房间,在一所旧木头房子的顶楼上。他很穷,靠教课勉强维持生活。客人来了,他往往连一杯茶也招待不起;他惟一的那张沙发已经塌陷得像只小船。但是,尽管有这种种的不舒适,到他那里去的人却很多。大家都爱他,他吸引着人们的心。您都不会相信,坐在他那间贫寒的小屋里心里有多么甜美,多么快活!我就是在他那里认识了罗亭。那时罗亭已经离开了他那位小公爵。"

"这位波科尔斯基身上到底有什么特别的东西呢?"亚历山德拉·帕夫洛夫娜问。

"叫我怎么说呢?诗和真——这就是他吸引了我们大伙的东西。他头脑清晰,学识广博,却仍旧像孩子般可爱和有趣。至今我耳边似乎还听到他那爽朗的笑声,同时他

---

① 据作者说,波科尔斯基的原型是尼·弗·斯坦凯维奇(1813—1840)。斯坦凯维奇是俄国社会活动家,哲学家,诗人,一八三四年毕业于莫斯科大学。一八三一年底,斯坦凯维奇在莫斯科大学成立斯坦凯维奇文学哲学小组,小组传播黑格尔辩证法,提倡人道主义,对俄国启蒙思想的发展贡献甚大。

在善的圣殿前面

　　燃起了夜半的长明灯……

我们小组里的一个狂热的、最可爱的诗人这样说他。"

"他的言谈怎么样？"亚历山德拉·帕夫洛夫娜又问。

"他兴致好的时候，他讲得很好，但是并不惊人。就在当时，罗亭的口才也比他强二十倍。"

列日涅夫站下来，交叉着双手。

"波科尔斯基和罗亭不一样。罗亭的言谈之中锋芒毕露，哗众取宠的地方要多得多，空话更多，似乎，热情也多些。看起来，他的天资似乎远远高出波科尔斯基，事实上，和波科尔斯基一比，他却贫乏得可怜。罗亭善于把任何思想加以发挥，辩论起来也是能手；但是他的思想不是在他的头脑里产生，而是借用别人的，特别是借用波科尔斯基的。波科尔斯基外表安详温和，甚至文弱，但爱起女人来爱得发疯，爱玩乐，决不受人欺负。罗亭看起来似乎是充满了火,充满勇气和活力,其实只要不伤害他的自尊心，他的内心是冷的，几乎是胆怯的。可要是触犯了他，他可要大发雷霆了。他想方设法要博得人们的爱慕，但他靠的是一般的原则和思想，而且确实对许多人产生过强有力的影响。说实在的，没有人喜欢他，大概只有我一个人依恋着他。人们都慑于他的压力……而对波科尔斯基，大家都自然而然地心悦诚服。但是，罗亭从不拒绝和初次见面的人谈话或辩论……他读的书不太多，但起码要比波科尔斯基以及我们这伙人多得多；而且头脑很有条理，记忆力极强，这些对青年人是起作用的！你给青年人做出论断，做出结论，哪怕是不正确的结论，只要是结论就行！一个非常老实顶真的人，这种事是做不来的。您试试去对青年人说，您无法给他们百分之百的真理，因为您自己也没有掌握它……这一来青年人就不会来听您。可是您要骗他们也不行啊。所以，您自己至少要有一半相信，您是掌握了真理……这就是罗亭所以会对我们这伙人产生如此有力影响的原因。您看，我刚才对您说，他书读得不多，但是他读了一些哲学书，他的头脑生来就善于从读过的书本里面立刻汲取一切共同的东西，抓住事物的根本，然后就从这里向各方面引伸出一条条合乎逻辑的、正确的思想线索，展开精神上广阔的远景。当时我们小组的成员，老实说，都是些孩子，肚里没有多少墨水。什么哲学啦，艺术啦，科学啦，以至生活本身——对我们说来，这一切只是一些名词，甚至是一些概念，迷人的、美好的概念，然而都是分散的、互不相联的。对这些概念的总的联系、宇宙的总的法则，我们都没有认识到，不理解，尽管我们也似懂非懂地讨论它，努力要去领悟它的真谛……听了罗亭的话，我们才初次觉得，我们终于抓住了这个总的联系，帷幕终于揭开了！即使他讲的不是他自己的思想——那又有什么关系！反正我们所知道的一切都理得井井有条，一切分散的都组成一个整体，有了定形，像一座高楼在我们面前拔地而起，一切都大放光明，到处都生意盎然……再没有什么是不可理解和偶然的了：一切都显示出合理的必然性和美，一切都获得清晰而又神秘的意义，每一种个别的生活现象都发出和谐的音响，而我们自己，也怀着一种神圣的虔敬，怀着甜美的心悸，感到自己仿佛是永恒真理的活的容器，是真理的工具，负有使命要做出一番伟大的事业……您不觉得这一切可笑么？"

"一点儿也不，"亚历山德拉·帕夫洛夫娜缓慢地说，"您为什么这么想？您的话我虽然不全懂，但我并不觉得可笑。"

"从此,我们当然开了窍,"列日涅夫接着说,"现在我们可能觉得这一切很幼稚……但我还是要重复说,当时罗亭毕竟是使我们获益匪浅的。波科尔斯基无疑是比他高得无法比拟。波科尔斯基给我们心中灌注了火和力,但有时他感到精神不振,便沉默着。他这个人是神经质的,身体不好,然而当他展翅的时候——天哪!那可真是一飞冲天,直上蓝天,直上九重天啊!可是罗亭这个英俊的小伙子身上呢,却有着许多浅薄的东西。他甚至喜欢说长道短,喜欢多管闲事,喜欢下个判断啦,讲个道理啦……他整天没完没了地忙忙碌碌……天生的政客性格嘛!现在我所说的,是我那时候对他的认识。然而不幸的是,他并没有改变。而且,他的信念也没有改变……都三十五岁啦!……不是每个人都能有自知之明的。"

"您坐下吧,"亚历山德拉·帕夫洛夫娜说,"您怎么像个钟摆似的,满屋子摆来摆去?"

"我这样觉得舒服些,"列日涅夫说,"就这样,太太,加入波科尔斯基的小组之后,您看,亚历山德拉·帕夫洛夫娜,我完全改变了:我变得谦虚了,肯钻研,肯学习了,我满心喜悦,心里充满崇敬——总之,好像是走进了一座神殿。真的，我回想起我们的集会，的的确确，这里面有多少美好的、甚至动人的回忆啊。您想象一下，五六个男孩子聚在一起，点着一支蜡烛，喝的是最蹩脚的茶，吃的是不知放了多久的陈面包干，可是您要是能看看我们大伙的脸，听听我们的谈话有多好啊！每个人的眼睛里都充满喜悦，双颊通红，心在跳，我们谈到上帝，谈到真理，谈到人类的未来，谈到诗——有时我们乱说一气，为了一些不足道的小事高兴得要命；可是，这又有什么关系！……波科尔斯基缩着腿坐着，一手托着苍白的面颊，可是他的眼睛却放出光芒。罗亭站在房间当中侃侃而谈，谈得很动听，俨然是年轻的德摩斯梯尼[①]面对着咆哮的大海；头发蓬乱的诗人苏博京[②]不时好像从梦中发出若断若续的赞叹；四十岁的大学生，德国牧师的儿子谢勒[③]，——他那永恒的、什么也打不破的沉默使他在我们中间被誉为最深刻的思想

---

① 德摩斯梯尼（公元前384—前322），古雅典雄辩家，民主派政治家。据说他青年时常面对大海练习演说。
② 诗人苏博京指富有才华的诗人克拉索夫（1810—1855），他是斯坦凯维奇和别林斯基的友人。
③ 谢勒指凯切尔（1809—1886），译有莎士比亚、席勒和霍夫曼的作品，是赫尔岑和屠格涅夫的友人。

家——这时也特别庄严地缄默着;连快活的希托夫①,我们集会里的亚里斯多芬②,也安静下来,一味满意地微笑;两三个新人怀着兴奋的喜悦听得津津有味……夜,好像长着翅膀似的,悄悄地、平稳地飞过。直到已经露出灰白色的晨曦,我们才分手,人人都深受感动,满怀喜悦,真诚而清醒(那时我们对喝酒的事连想都不去想),心里怀着一种舒服的倦意……记得我在空阒无人的街上走着,心里充满感动,连仰望星星的时候都怀着信心,好像星星也变得更亲近,更可以理解了……啊!那是多么美好的时光啊,我真不愿意相信这些时光是白白浪费掉的!不,它并没有白白浪费——即使对那些后来在生活中变得庸俗的人,它也没有白白浪费……有多少次我有机会碰到这种人,我以前的同学们!似乎,有一个人已经变得禽兽不如了,但是只要你在他面前提起波科尔斯基的名字——他心里全部残留下来的崇高感情就会蠕动起来,就像你在一个肮脏的黑房子里打开一瓶被遗忘了的香水的瓶塞……"

---

① 希托夫指诗人克柳什尼科夫(1811—1895),屠格涅夫的老师。上述诸人均为斯坦凯维奇小组的成员。
② 亚里斯多芬(约公元前446—约前385),古希腊早期喜剧代表作家。

列日涅夫沉默了;他那没有血色的脸发红了。

"可是您究竟是为了什么跟罗亭吵架的呢?"亚历山德拉·帕夫洛夫娜惊讶地望着列日涅夫,说。

"我没有跟他吵架,我是在国外彻底了解他的为人之后跟他分手的。在莫斯科我倒是可能跟他吵翻的。那时候他把我弄得好苦。"

"是怎么回事?"

"是这么回事。我……叫我怎么说呢?……这种事和我这个人不相称……然而我一向是十分容易钟情的。"

"您?"

"是我。这有些奇怪,是吗?然而事情就是这样……嗯,太太,那时候我爱上了一个非常可爱的姑娘……您干吗这么望着我?关于我自己的事,我还可以对您讲出比这更叫人惊奇的呢。"

"是什么样的事,可以知道吗?"

"就像这件事吧。我在莫斯科的时候,每天晚上都去赴约会……您猜是跟谁?跟我的花园尽头的一棵小椴树。我拥抱着它那纤细挺拔的树干,就觉得仿佛是拥抱着整个大自然,我的心扩张了,浑身懒洋洋的,仿佛整个大自然真个注入了我的心田……那时我就是这样的人,太太……还有呢!您大概以为我没有写过诗吧?我写过,太太,我还模仿《曼弗雷德》①写过整整一个剧本呢。剧中人物有一个胸口染有鲜血的幽灵,请注意,这不是他自己的血,而是全人类的血……是的,太太,是的,太太,请不要奇怪……但是我已经开始讲我的恋爱故事了,我认识了一个女孩子……"

"您就不再去赴和椴树的约会了么?"亚历山德拉·帕夫洛夫娜问道。

"不去了。这个女孩子心地非常善良,长得美极了,有一双快活明亮的小眼睛,声音和银铃一般。"

"您真会形容。"亚历山德拉·帕夫洛夫娜带笑说。

"可您也是个非常苛刻的批评家啊,"列日涅夫反驳说,"好啦,太太。那女孩子跟她的老父亲住在一起……细节我就不来多啰唆了。我只是告诉您,那个女孩子的心确实是好极啦:你向她只要半杯茶,她准会给你大半杯!……我和她初次见面后的第三天,就对她产生了热烈的爱情,到第七天,我憋不住了,把全部情况都如实地对罗亭说了。

---

① 《曼弗雷德》是英国诗人拜伦的诗剧,写于一八一七年。

一个年轻人堕入了情网,哪能不说出来呢,于是我就原原本本地向罗亭吐诉了一切。那时我完全处于他的影响之下,而这种影响,坦率地说,在许多方面都是有益的。他是第一个没有瞧不起我、而来教我怎样立身处世的人。我热爱波科尔斯基,但在他的纯洁的心灵面前感到几分敬畏。而对罗亭我却比较接近。知道了我在恋爱,他高兴得什么似的;他祝贺我,拥抱我,马上就来开导我,对我大讲我的新处境的重大意义。我听出了神……您知道,他是多么能说会道。他的话对我起了非常的影响。我一下子对自己产生了极大的敬意,摆出一副老成持重、不苟言笑的样子。记得,我那时走路也变得小心翼翼,好像怀里揣着一个满盛着琼浆玉液的容器,惟恐把它泼出来似的……我非常幸福,尤其是看到有人明显地赏识我。罗亭希望见见我的意中人;而且我自己几乎是坚持一定要给他介绍。"

"哦,我明白了,现在我可明白是怎么回事了,"亚历山德拉·帕夫洛夫娜插话说,"罗亭抢走了您的意中人,所以您至今不能原谅他……我敢打赌,准没有错!"

"您要输的,亚历山德拉·帕夫洛夫娜:您错了。罗亭并没有抢走我的意中人,他根本不想抢,但是,他照样破坏了我的幸福，虽然冷静地考虑考虑，现在我还准备为这件事谢谢他呢。可那时候我差点儿发疯了。罗亭丝毫没有意思破坏我的好事，——完全相反！但是由于他那该死的习惯——喜欢用言语来给生活（不管是他自己的还是别人的生活）中的一言一行下个断语，就像用大头钉把蝴蝶牢牢钉住一样。于是，他马上就来分析我们俩，分析我们的关系、我们应该怎样做人，他专横地硬要我们弄明白我们的思想感情，他称赞我们，责备我们，甚至给我们写信，您想想看！……结果把我们完全弄糊涂了！其实，即使在当时，我也未必会和我的那位小姐结婚（我多少还有点儿清醒的头脑），可是，至少我和她可以像保尔和薇吉妮①那样甜甜美美地过上几个月，然而，这时却发生了种种的误会，弄得关系紧张——总之，搞糟了。弄到末了，有一天早上，罗亭得出结论说，他确信，把这一切情况都如实告诉她的老父亲乃是他这个做朋友的最神圣的义务——他就这样做了。"

"是吗？"亚历山德拉·帕夫洛夫娜高声说。

① 保尔和薇吉妮是法国作家贝尔纳丹·德·圣皮埃尔（1737—1814）的同名小说中的男女主人公，书中描写这对少年男女纯真的恋爱。

"是的,而且,请注意,他是得到我的同意这样做的——这才叫妙啊!……至今我还记得,当时我的脑子里真是乱极了:简直一切都在旋转,都在七颠八倒,就像在照相机的暗匣里一样:白的成了黑的,黑的成了白的,假的像是真的,幻想的事变成了义务……唉,现在回想起来都觉得丢人!可是罗亭——人家却若无其事……他才不会呢!他经常在各种各样的误会和混乱中一掠而过,就像燕子掠过池塘一样。"

"您就这样跟您的那位姑娘分手了吗?"亚历山德拉·帕夫洛夫娜天真地把小脑袋一歪,眉毛一扬,问道。

"分手了……而且是很糟糕地分手,令人屈辱、尴尬,闹得公开化,不必要地公开化……我自己哭了,她也哭了,鬼知道是怎么回事……好像打了个戈尔迪乱结——应该斩断它①,但是很痛苦啊!可是,世上的一切都是安排得很好的。她嫁了个好人,现在日子过得挺美……"

"可是您得承认,您还是不能原谅罗亭吧……"亚历山

---

① 希腊神话中弗利基国王戈尔迪曾打一乱结,牢固难解。宙斯宣称能解此结者,可以统治整个亚洲。后马其顿国王亚历山大挥剑斩之。斩断戈尔迪乱结的转义为用断然的办法解决复杂的问题。

德拉·帕夫洛夫娜刚开口。

"哪里！"列日涅夫打断了她，"送他出国的时候，我哭得很伤心，像个小孩子似的。不过，老实说，不满的种子就是那时在我心里埋下的。等我后来在国外遇到他的时候……是的，那时我已经变得老练了些……罗亭的真面目就暴露在我面前了。"

"您究竟在他身上发现了什么呢？"

"无非就是一小时前我对您讲的那些。也许，关于他已经说得够了。也许，一切都会顺顺当当地过去。我不过是要向您证明，如果我对他的批评严厉了些，那并不是因为我不了解他……关于娜塔利娅·阿列克谢耶夫娜，我不想多说。您倒是要关心关心您的弟弟。"

"我的弟弟！他怎么啦？"

"您看看他吧。难道您一点儿没有觉察？"

亚历山德拉·帕夫洛夫娜低下了头。

"您说得对，"她说，"一点儿不错……我弟弟……最近他都变得叫我认不出了……但是，您当真以为……"

"轻点儿！他好像往这边来了，"列日涅夫低声说，"娜塔利娅不是个孩子，但是请相信我，不幸她却像个孩子一样没有经验。您等着瞧吧,这个女孩子会使我们吃惊的。"

"怎么让我们吃惊呢?"

"就是这样……您可知道,正是这样的女孩子才会做出投水、服毒等等的事吗?您别看她那么文文静静,她却有着强烈的激情,性格也是非常强的!"

"行啦,我看您是诗兴大发啦。在您这样冷漠的人眼里,可能我也像是一座火山吧。"

"那可不是这样!"列日涅夫带笑说……"至于说到性格,感谢上帝,您根本没有性格。"

"这真是太无礼了!"

"这是无礼?请原谅,这是最高的赞语……"

沃伦采夫走进来,怀疑地望了望列日涅夫和姐姐。近来他消瘦了。他们俩都开始跟他说话,但是听了他们的玩笑,他只是似笑非笑,正像皮加索夫有一次形容他的,他那副神情像是一只忧郁的兔子。不过话又说回来,人生在世,至少有一次会显得比忧郁的兔子更忧郁,没有这种经历的人,世上恐怕还不曾有过。沃伦采夫觉得,娜塔利娅渐渐离开了他,他脚下的土地好像也随着她溜走了。

7

第二天是星期天。娜塔利娅很晚起床。昨天她一直到晚上都非常沉默，暗暗为自己的流泪感到惭愧，夜里也睡得很不好。她披衣坐在她的小钢琴前，时而弹出几个几乎听不出的和音，以免吵醒彭果小姐，时而把额头贴在冰冷的琴键上，久久地一动不动。她一直在想——不是想罗亭本人，而是想他说过的一些话，她完全陷入了沉思之中。她偶尔也想起沃伦采夫。她知道他爱她。但是她的思想立刻抛开了他……她感到一种异样的激动。早上她匆匆穿好衣服，下楼向母亲问了安，就找个机会独自到花园里去……这是一个炎热、晴朗、阳光灿然的日子，虽然不时落下点儿阵雨。低低的、如烟的轻云飘过晴朗的天空，并没有遮住太阳，时而有一阵骤雨倾盆而下，落到田野里。大粒的、晶莹的雨点,宛如颗颗钻石,带着不柔和的响声很快地落下;阳光透过闪烁的雨网放出光辉;刚才还在风中摆动的小草静止了,贪婪地吸着甘霖;被打湿的树林上,片片嫩叶都慵懒地颤动着;鸟儿不停地歌唱,在刚过的阵雨的潺流声中,鸟儿的絮絮的啁啾,听来令人欢畅。多尘的道路上升起轻烟,地面被急骤的密密的雨点打得现出淡淡的斑点。但是现在乌云过去了,微风吹拂着,草上开始闪烁着一片翠绿的金光……树叶粘在一起,仿佛是透亮的……到处都弥漫着馥郁的芬芳……

娜塔利娅走进花园的时候,天空差不多全部放晴。园中散发着清新和宁静,那种柔和的、幸福的宁静,在人心里引起秘密的同情和隐隐的希望,令人感到甜蜜的惆怅……

娜塔利娅沿着池畔一条长长的银白杨的林阴道走去,突然,罗亭好像从地里钻出来似的,出现在她面前。

她有些慌乱。他望了望她的脸。

"您一个人?"他问。

"是的,我一个人,"娜塔利娅回答说,"不过我只出来一会儿……我该回去了。"

"我陪您回去。"

他便在她旁边走着。

"您似乎有些忧郁。"他说。

"我？……可我还想向您指出，我觉得您的心情好像不太好呢。"

"也许是……我常有这种情形。这对于我，比对于您更是情有可原。"

"为什么？难道您以为，我就没有什么可忧郁的事么？"

"照您的年龄，正应当享受生活的快乐才是。"

娜塔利娅默默地走了几步。

"德米特里·尼古拉耶维奇！"她说。

"您要说什么？"

"您可记得……您昨天说的比方……您记得……拿橡树打的比方。"

"是的，我记得。怎么样？"

娜塔利娅偷偷地看了罗亭一眼。

"您为什么……您想用这个比方说明什么？"

罗亭低下了头，眼睛望着远处。

"娜塔利娅·阿列克谢耶夫娜！"他带着他所特有的克制着的、含有深意的神情说，听的人看到这种神情，总会以为罗亭还没有说出郁结在他心头的思绪的什一。"娜塔利娅·阿列克谢耶夫娜！您可能注意到了，我很少讲我的过去。有几根弦我是根本不去拨动的。我的心……有谁需要知道，我心里有过多少欢乐和辛酸？像展览似的把它拿出来，我总觉得这是一种亵渎。但是对您我是坦率的：您唤起了我的信任……我不能瞒您，我也像所有的人一样，恋爱过，痛苦过……至于是在什么时候，是怎么样的？这就不值得去说了；但是我的心是饱尝过欢乐和痛苦的滋味的……"

罗亭沉默了一会儿。

"昨天我对您说的话，"他接着说，"也许在某种程度上可以适用于我，适用于我目前的处境。不过这又是不值得一说的。这方面的生活对我已经消逝了。如今我只好乘坐着颠簸的大车，在炎热多尘的道路上慢吞吞地走下去，从一个驿站到另一个驿站……我什么时候才能走到，能不能走到——只有天知道……我们还是谈谈您吧。"

"难道，德米特里·尼古拉伊奇，"娜塔利娅打断他的话，"您对生活就没有什么期待了么？"

"那可不对！我期待的东西很多，不过不是为我自己……工作,从工作中得到的快乐,我是永远不会放弃的;但是我放弃了享乐。我的希望,我的梦想,跟我个人的幸福是毫无关系的。爱情(在说这个字时他耸耸肩膀)……爱情——和我是无缘的;我……不配得到它;一个在恋爱的女性,她有权利要求得到那个男人的一切,可是我已经不能献出我的整个身心。再说,爱情——这是青年人的事:我已经太老了。我哪里能去搅乱别人的头脑呢?但愿自己的头脑能保持清醒就不错了。"

"我懂得,"娜塔利娅说,"一个追求伟大目标的人,就不应该想到自己;但是一个女性难道就不能重视这样的人吗?我认为,恰恰相反,一个女性对一个自私的人还是彻底断交的好……所有的年轻人,照您的说法是青年,都是自私的,即使在恋爱的时候也是只顾自己。请您相信,一个女性不但能够懂得自我牺牲的意义:她自己也会牺牲自己的。"

娜塔利娅的双颊微微发红,她的眼睛放出光辉。在认识罗亭以前,她从来没有说过这么长的一段话,而且还是怀着这样的热情。

"您曾不止一次听我讲过我对妇女的使命的看法。"罗亭带着宽容的微笑说,"您知道,照我的看法,只有贞德①能够拯救法国……但是问题不在这里。我想谈的是您。您正站在人生的门槛上……谈您的未来既令人高兴,也不是无益的……请听我说:您知道我是您的朋友,我几乎像亲人那样关心您……因此,我希望,您别怪我问得太冒失:请告诉我,您的心到目前为止,都是完全平静的吗?"

娜塔利娅一下子脸涨得绯红,没有回答。罗亭站住了,她也站住了。

"您没有生我的气吧?"他问。

"没有,"她说,"可是我绝没有料到……"

"可是,"他接着说,"您可以不回答我。您的秘密我知道。"

娜塔利娅几乎是惊骇地望了望他。

"是的……是的,我知道您喜欢谁。我应当说——您的选择好得不能再好了。他是一个非常好的人;他会珍视您的品质;他没有受到生活的摧残——他的心地是单纯而清

---

① 贞德(约 1412—1431),法国女民族英雄,出身农家。英法战争时,贞德率军驰援被英军围攻的奥尔良城,重创英军,解除围城,拯救了濒亡的法国,后被英军焚死。

白的……他会给您带来幸福。"

"您说的是谁呀,德米特里·尼古拉伊奇?"

"您好像不明白,我说的是谁。当然是沃伦采夫喽。怎么?难道这不是真的?"

娜塔利娅把脸稍微从罗亭那边转开。她完全不知如何是好。

"难道说他不爱您?得啦吧!他的眼睛一直不离开您,注视着您的一举一动,而且,归根结蒂,难道爱情能够隐瞒吗?再说,您自己对他不是也有好感吗?根据我的观察,您妈妈也喜欢他……您的选择……"

"德米特里·尼古拉伊奇!"娜塔利娅打断了他的话,窘迫地把手伸向近处的一棵矮树,"真的,这件事叫我难以启齿;但是请您相信我……您弄错了。"

"我弄错了?"罗亭重复一遍,"我想不会吧……我和您认识虽然不久,但是我已经很了解您。我在您身上看到的变化,看得清清楚楚的变化,意味着什么呢?难道您还是六个星期前我所看到的您吗?……不,娜塔利娅·阿列克谢耶夫娜,您的心是不平静的。"

"也许是,"娜塔利娅回答说,轻得几乎让人听不清,"不过您还是错了。"

"怎么会呢?"罗亭问。

"让我走吧,别问我啦!"娜塔利娅说了就快步向家里走去。

她心中突然感到的那一切,使她自己都觉得可怕。

罗亭赶上来,拦住了她。

"娜塔利娅·阿列克谢耶夫娜!"他说,"这次谈话不能就这样结束:它对我也是太重要了……叫我怎样理解您呢?"

"让我走吧!"娜塔利娅重复说。

"娜塔利娅·阿列克谢耶夫娜,看在上帝的分上!"

罗亭的脸上露出激动的神情。他脸色发白了。

"您对一切都理解,您也该理解我才是!"娜塔利娅说,她挣开了手,头也不回地走了。

"只说一句话!"罗亭跟在后面喊道。

她站住了,但是没有转过身来。

"您问我,我昨天说的比方是什么意思。您要知道,我不想骗您。我是说我自己,说我的过去——还有说您。"

"什么?说我?"

"是的,说您;我再说一遍,我不想骗您……现在您总该知道,当时我所说的是什么样的感情,一种什么样的新的感情……不到今天,我是决不敢……"

娜塔利娅突然用双手捂住脸,向家里跑去。

和罗亭的谈话竟会有这种出人意料的结局,使她那样震惊,以至她从沃伦采夫身旁跑过的时候,都没有发觉他。他背靠着一棵树,一动不动地站在那里。他一刻钟前来到达里娅·米哈伊洛夫娜家里,在客厅里见到她,跟她敷衍了几句,就悄悄地溜出来去找娜塔利娅。受恋人特有的直觉所指导,他径直走进花园,正好看到娜塔利娅在挣脱罗亭的手。沃伦采夫的眼前一阵发黑。他看着娜塔利娅的背影,离开树身走了两步,自己也不知道要去哪里、去干什么。罗亭走到他跟前,看见了他。两人四目相对看了一眼,点点头就默默地分开了。

"这不会这样了结的。"两人心里都想。

沃伦采夫走到花园的尽头。他感到痛苦,难受,心头非常沉重,血不时往上猛冲。又落起了稀疏的雨点。罗亭回到自己的房间里。他心里也不平静:千思万绪像旋风似的在他的头脑里旋转。和一颗年轻纯洁的心这样意想不到

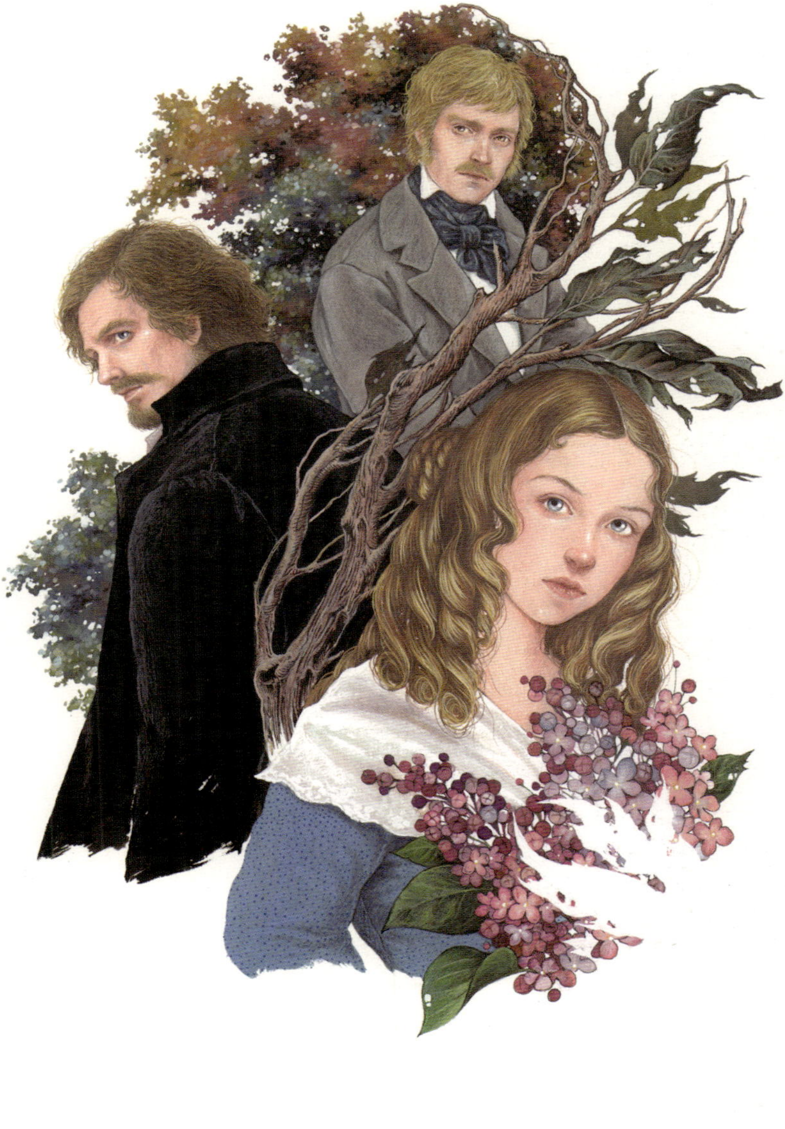

地、以诚相见地接触,有谁的心会不被扰乱呢?

餐桌上的局面似乎很尴尬。娜塔利娅脸色惨白,几乎坐不住,眼皮也不抬。沃伦采夫像平时一样坐在她旁边,偶尔勉强和她说上两句。碰巧这一天皮加索夫在达里娅·米哈伊洛夫娜家里吃饭。在餐桌上他的话最多。他开始振振有词地说,人跟狗一样,有短尾巴的和长尾巴的之分。"短尾巴的人,"他说,"有的是天生的,有的是咎由自取。短尾巴的人很倒霉,他们总是一事无成——他们没有自信。但是有着一条毛茸茸的长尾巴的人,却很走运。他也许比短尾巴的人差一些,弱一些,但是他有自信,他把尾巴一翘,大家都会赞赏不置。这岂不是值得奇怪的事吗:您会承认,尾巴是身体上毫无用处的部分;尾巴能有啥用?可是大家竟都根据尾巴来判断您的身价。"

"我呀,"他叹了口气又说,"是属于短尾巴一类的,而最气人的是我自己砍掉了自己的尾巴。"

"您要说的那些,"罗亭不在意地说,"其实在您以前拉-罗什福科[①]早已说过了:要相信自己,别人才会相信你。何

---

① 拉-罗什福科(1613—1680),法国道德问题作家。他的《关于道德的思考或箴言和格言》(1665)负有盛名。

必要扯到尾巴上去,这我不明白。"

"要让每一个人,"沃伦采夫声色俱厉地说,他的眼睛好像冒出火来,"要让每一个人各抒己见嘛。就拿专横来说吧……我看,没有比所谓聪明人的专横更可恶的了。这些该死的东西!"

沃伦采夫的失态使大家为之愕然,大家都静了下来。罗亭本来想看他一眼,可是受不住他的目光,就扭过脸去微微一笑,但嘴巴都没有张开。

"哈,哈!原来你也是个短尾巴的!"皮加索夫心里暗忖。娜塔利娅吓得心都揪了起来。达里娅·米哈伊洛夫娜困惑不解地久久望着沃伦采夫,终于首先开口了:她讲起她的朋友,某部长的一只非同寻常的狗。

饭后沃伦采夫很快就走了。他向娜塔利娅告辞的时候,忍不住地对她说:

"您为什么这样不好意思,好像对不起谁似的?您不可能做出什么对不起人的事来!……"

娜塔利娅被他说得莫名其妙,只是目送着他。喝茶之前,罗亭走到她跟前,好像要看报纸似的向桌子俯下身子,低声说:

"这一切都像一场梦,不是吗?我一定要和您单独见面……哪怕是一分钟。"他转脸对彭果小姐说,"您看,"他对她说,"这就是您要找的那篇小品文。"说了,他又俯身对着娜塔利娅,低声加了一句,"想办法十点左右到阳台附近的丁香亭里来;我等您……"

皮加索夫成了那天晚上的英雄。罗亭把阵地让给了他。他把达里娅·米哈伊洛夫娜逗得直乐。他先讲他的一个邻居。那人三十年来一直被老婆管得服服帖帖,完全变得一副娘娘腔。有一回,他在皮加索夫面前涉水过一个浅水洼,竟然把手伸到后面,像妇女撩起裙裾那样撩起常礼服的后襟。后来他又说起另外一个地主,那人起先是共济会①会员,后来得了忧郁症,最后又想做银行家。

"您是怎么当上共济会会员的呢?菲利普·斯杰潘内奇?"皮加索夫问他。

"这个谁还不知道:我把小指头的指甲留得长长的。"

可是最使达里娅·米哈伊洛夫娜好笑的是皮加索夫大讲爱情的时候,他确凿有据地说,也曾有人迷恋过他,有

---

① 当时资产阶级社会中的一个秘密社会。

一个热情的德国女人还管他叫"迷人的小阿夫里坎,可爱的哑嗓子"呢。达里娅·米哈伊洛夫娜听了大笑,但是皮加索夫并没有撒谎:他的确有权夸耀自己的胜利。他肯定地说,再没有比让一个女人——随便什么样的女人——爱上你更容易的事了:你只要一连十天反复地对她说,天堂就在她的樱唇上,幸福在她的美目里,别的女人和她一比简直分文不值等等,等到第十一天,她自己就会说什么天堂就在她的嘴唇上,幸福就在她的眼睛里,于是就爱上了您。世界上的事情是无奇不有。一切都难说!也许皮加索夫说得对。

九点半,罗亭已经到了亭子里。在遥远的、苍白的穹苍深处,小星星刚出来;西边还是一片红霞——那边的地平线也显得更为清晰明净;半圆的月亮透过一株垂桦的黑色密网似的叶丛放出金光。其他的树木,有的像阴沉的巨人屹立,千百个透光的空隙宛如千百只眼睛;有的融成一堆堆阴森森的庞然巨物。没有一片叶子在颤动,丁香和槐树的高枝在温暖的空气中挺立着,似乎在凝神谛听着什么。近处是黑黝黝的房屋,屋内点着灯的长窗里射出点点红光。夜是温和的、宁静的,但在这片宁静之中仿佛听到压抑着的、热情的叹息。

罗亭双手交叠在胸前站着,紧张地注意细听着。他的心猛烈地跳动,他不由得屏住了呼吸。他终于听到了轻轻的、急促的脚步声,接着,娜塔利娅走进了亭子。

罗亭急忙走上前去,握住她的双手。她的手冷得像冰。

"娜塔利娅·阿列克谢耶夫娜!"他低声说,他的声音在颤抖,"我要看见您……我不能等到明天。我一定要告诉您我所没有料到的,甚至今天早上我都没有意识到的:我爱您。"

娜塔利娅的手在他的手里微微地发抖了。

"我爱您,"他重复说,"我怎能这么久一直在欺骗自己,我怎么一直都不明白,我是爱您的!……那么您呢?……娜塔利娅·阿列克谢耶夫娜,您说呀,您呢?……"

娜塔利娅几乎透不过气来。

"您看,我到这儿来了。"她终于说了出来。

"不,告诉我,您爱我吗?"

"我觉得……是的……"她低声说。

罗亭把她的手握得更紧,想把她拉到身边来……

娜塔利娅很快地回头看了一下。

"放开我,我害怕——我觉得有人在偷听我们……看上帝的分上,您要小心些。沃伦采夫有些起了疑心。"

"管他呢!您看到,我今天根本没有理睬他……啊,娜塔利娅·阿列克谢耶夫娜,我是多么幸福啊!现在无论什么都不能把我们分开了!"

娜塔利娅对他注视了一下。

"放开我,"她低声说,"我该走了。"

"再待一会儿。"罗亭开始说……

"不,让我,让我走吧……"

"您好像是怕我?"

"不,可是我该走了……"

"那么,您再说一遍吧,至少再说一遍……"

"您是说,您是幸福的吗?"娜塔利娅问。

"我?世界上再没有比我更幸福的人了!难道您还怀疑?"

娜塔利娅抬起头来。在花亭的神秘的阴影里,在夜空投下的淡淡的微光下,她那苍白的脸,高贵的、年轻的、激动的脸,是无比的美丽。

"那么您可以知道,"她说,"我将是您的。"

"啊，天哪！"罗亭叫了出来。

但是娜塔利娅闪开身子，走了。罗亭站了一会儿，然后慢慢地走出亭子。月色灿然，照亮了他的脸；他的唇上漾出了微笑。

"我是幸福的。"他低声说道。"是的，我是幸福的。"他重复说，好像要使自己确信不疑似的。

他挺直身躯，甩了甩头发，快活地摆动着胳臂，轻快地走进花园。

这时，丁香亭里的灌丛轻轻地分开，潘达列夫斯基走了出来。他小心翼翼地四下张望了一下，摇了摇头，抿紧嘴唇，意味深长地说："原来是这么回事啊，您哪。这事非得让达里娅·米哈伊洛夫娜知道不可。"说了，人就不见了。

8

沃伦采夫回到家里,是那样垂头丧气,满面愁云,那么不乐意回答姐姐的问话,又那么快把自己关在书房里,弄得她只好赶紧派人去请列日涅夫。她不论遇到什么为难的事情,总要向他求援。列日涅夫让来人告诉她,他第二天来。

第二天早上,沃伦采夫的情绪也没有好起来。他本想喝完早茶去料理事务,结果却没有去,而是往沙发上一躺,读起书来,这种情形在他是不常有的。沃伦采夫一向对文学没有兴趣,见了诗歌简直害怕。"这就像诗歌一样费解,"他常常这样说,而且引用诗人艾布拉特[①]下面的诗句为证:

[①] 艾布拉特是十九世纪三十年代俄国诗人伊·罗森(1800—1860)的笔名。下面的诗句摘自他的诗《两个问题》。

直到伤心的日子结束，

无论是值得自豪的经验还是理智

都不能用自己的手摧毁

生命的血染红的毋忘我花。

亚历山德拉·帕夫洛夫娜不时担心地望着弟弟，但是并没有去打扰他，向他问长问短。一辆马车驶到阶前。"好啦，"她心里想，"感谢上帝，列日涅夫……"一个仆人走进来，禀报罗亭的到来。

沃伦采夫把书往地上一扔，抬起头来。

"是什么人来啦？"他问。

"罗亭，德米特里·尼古拉伊奇。"仆人重复说。

沃伦采夫站了起来。

"有请，"他说，"姐姐，你，"他对着亚历山德拉·帕夫洛夫娜说，"请出去一下，让我们留下。"

"这是为了什么？"她开始说。

"我知道为了什么，"他不耐烦地打断她的话，"我求求你。"

罗亭走了进来。沃伦采夫站在房间当中,冷冷地对他点了点头,没有向他伸出手去。

"您得承认,您没有料到我会来吧。"罗亭开始说,把帽子放在窗台上。

他的嘴唇微微抽搐了一下。他有些尴尬,但是竭力掩饰自己的窘态。

"不错,我没有料到您会来,"沃伦采夫说,"在昨天的事情发生之后,我还以为会有人——受您的委托前来①。"

"我明白您的意思,"罗亭坐下来,说道,"而且非常高兴您的坦率。这样要好得多。我把您当做一个高尚的人,所以亲自前来拜访。"

"不来这些恭维话不行吗?"沃伦采夫说。

"我想向您解释一下我前来的目的。"

"您跟我是熟人:您为什么不能到舍间来呢?何况您也不是初次光临。"

"我到府上来,是作为一个高尚的人来拜望另一个高尚的人,"罗亭重复说,"现在我是要来听候您对我的评判……

---

① 指罗亭会因为沃伦采夫在席间的无礼而派人来要求决斗。

我完全信任您……"

"这是怎么回事？"沃伦采夫说，他仍旧站在原来的位置，满脸不高兴地望着罗亭，有时捋一下自己的短髭。

"对不起……我来，当然是为了解释一件事，不过这毕竟不是一下子就说得清楚的。"

"为什么说不清楚？"

"这里还牵连着一个第三者……"

"什么第三者？"

"谢尔盖·帕夫里奇，您明白我的意思。"

"德米特里·尼古拉伊奇，我可一点儿也不明白您的意思。"

"您愿意……"

"我愿意您痛痛快快地说出来！"沃伦采夫接腔说。

他开始真地发火了。

罗亭皱了皱眉头。

"好吧……现在只有我们俩……我应该告诉您，不过，或许您已经猜到了（沃伦采夫不耐烦地耸耸肩膀），——我应该告诉您，我爱娜塔利娅·阿列克谢耶夫娜，而且有权利设想，她也爱我。"

沃伦采夫的脸发白了,他没有回答,只是走到窗前,转过身去。

"您懂得,谢尔盖·帕夫里奇,"罗亭继续说,"如果我不是确信……"

"得啦!"沃伦采夫急忙打断了他,"我毫不怀疑……行啦!请随便吧!只是我奇怪,您怎么会心血来潮,巴巴地跑来告诉我这个好消息……这跟我有什么相干?您爱谁,谁爱您,关我什么事?我简直不明白。"

沃伦采夫继续望着窗外。他的声音发哑。

罗亭站了起来。

"我要告诉您,谢尔盖·帕夫里奇,我为什么下决心到您这里来,我为什么认为自己甚至没有权利向您隐瞒我们的……我们相互的感情。我对您怀着深深的敬意——所以我才来的;我不愿意……我们俩都不愿意在您面前弄虚作假。您对娜塔利娅·阿列克谢耶夫娜的感情我是知道的……请相信我,我有自知之明:我知道,我多么不配在她心里取代您的地位;但是,既然天意如此,难道说,耍手腕,欺骗,装假,反而会更好吗?难道说,彼此发生误会,或是甚至可能闹出昨晚在餐桌上那种局面,会更好吗?谢尔盖·帕夫里奇,您自己倒说说看。"

沃伦采夫把双手交叉在胸前,好像在竭力压下心头的怒火。

"谢尔盖·帕夫里奇!"罗亭继续说,"我使您痛苦,这我能感觉得出……但是请理解我们……请理解,我们没有别的方法来向您证明我们对您的尊敬,证明我们是会珍视您的胸怀坦荡的高贵品质的。坦率,毫无保留的坦率,对任何别的人可能都不适用,但是对您,这就成为义务。想到我们的秘密掌握在您手里,我们很高兴……"

沃伦采夫不自然地大笑起来。

"谢谢您的信任!"他高声叫道,"虽然我要请您注意,我既不想知道你们的秘密,也不想向您泄露我的秘密,可是您已经把这个秘密当做自己的财产在使用了。但是,请原谅,您好像是代表两个人说话似的。所以,我是否可以认为,您这次来访以及来访的目的,娜塔利娅·阿列克谢耶夫娜都是知道的喽。"

罗亭有些发窘。

"不,我没有把我的意图告诉娜塔利娅·阿列克谢耶夫娜;但是我知道,她会同意我的想法的。"

"这一切都非常好,"沃伦采夫沉吟了一会儿,用手指敲着窗玻璃,又说,"虽然,说实在的,您还不如对我少来些尊敬的好。老实说,我一点儿也不需要您的尊敬;现在您到底要我做什么?"

"我什么都不要……哦,不,我只要一样:我希望您不要把我看做一个奸诈狡猾的人,希望您能理解我……我希望,现在您已经不会怀疑我的诚意……我希望,谢尔盖·帕夫里奇,我们能像朋友一样分手……希望您像以前那样把手伸给我……"

说着,罗亭就走近了沃伦采夫。

"对不起,阁下,"沃伦采夫说,他扭过脸去,后退了一步,"我愿意充分肯定您的来意是真诚的,这一切都好得很,甚至可说是崇高的,不过我们都是普通人,吃的是普通的甜饼干,我们可跟不上像您那样大智大慧的人的思想的飞翔……您认为是真心诚意,我们却认为是胡搅蛮缠、不顾体面……您看来简单明了,对我们却是复杂费解……我们要秘而不宣的事,您却拿来大肆宣扬:我们哪里能理解您呢!请原谅我:我不能把您当做朋友,也不能把手伸给您……这也许是气量狭隘,可我本来就是个气量狭隘的人。"

罗亭从窗台上拿起帽子。

"谢尔盖·帕夫里奇!"他难受地说,"再见;这真不是我始料所及。我的来访的确相当叫人奇怪:但是我原来希望您(沃伦采夫做了个不耐烦的动作)……对不住,我不再说这些了。我把整个情况考虑了一下,我认为的确您是对的,您也只好如此。再见,请容许我至少再一次,最后一次向您保证我的来意是纯洁的……我深信您会保持沉默……"

"这简直太过分了!"沃伦采夫叫了起来,气得发抖,"我根本没有死气白赖地要您信任我,所以,您也没有权利期望我来给您保持沉默!"

罗亭还想说什么,但只是把双手一摊,鞠了个躬,出去了;沃伦采夫往沙发上一倒,转脸对着墙壁。

"可以进来吗?"门外传来亚历山德拉·帕夫洛夫娜的声音。

沃伦采夫没有立刻回答,偷偷地用手抹了抹脸。

"不,萨莎①,"他说话的声音有些变,"稍微再等一

---

① 萨莎是亚历山德拉的爱称。

会儿。"

半小时后,亚历山德拉·帕夫洛夫娜又来到门前。

"米哈伊洛·米哈伊雷奇来了,"她说,"你要见他么?"

"要,"沃伦采夫回答说,"让他到这儿来。"

列日涅夫进来了。

"怎么——你不舒服?"他问,一面在沙发旁的圈椅上坐下。

沃伦采夫用臂肘撑着,略微抬起身来,久久地、久久地注视着朋友的脸,当场就把自己和罗亭的全部谈话一字不漏地告诉了他。他以前从未向列日涅夫透露过自己对娜塔利娅的感情,虽然他也猜到,这对列日涅夫并不是秘密。

"好啊,老弟,你的话真叫我吃惊,"沃伦采夫刚讲完,列日涅夫就说,"我就料到他会做出许多奇奇怪怪的事情来,可是这件事未免……不过,就是在这件事情上,也可以看出他的为人。"

"得啦吧!"沃伦采夫激动地说,"要知道,这简直是厚颜无耻!我差点儿没把他从窗口扔出去。他这是向我夸耀呢,还是胆怯了呢?这是为了什么?他怎么会下决心跑到人家家里来……"

沃伦采夫把双手放到脑后，不做声了。

"不，老弟，这都不是，"列日涅夫平静地说，"我的话你可以不信，其实他这样做，动机倒是好的。真的……你看，这事做得又高尚，又光明磊落，嗯，还可以有个说话的机会，显露一下他的口才；要知道，这就是咱们所需要的，少了它咱们就活不成……唉，他的舌头——就是他的敌人……不过，也是他的仆人。"

"他摆出一副郑重其事的神气走进来，大放厥词，你简直想象不出来！……"

"是啊，他不这样就不行啊。他还会把常礼服上的纽扣统统扣好，好像在履行一件神圣的义务。我倒想把他放到一个无人的荒岛上，再躲在角落里看他在那里搞些什么名堂。他还一个劲儿地说什么要简朴呢！"

"老兄，看在上帝的分上告诉我，"沃伦采夫问道，"这算什么，是哲学么？"

"叫我怎么对你说呢？一方面，这大概正是哲学——而另一方面，这又完全不是。把一切胡言乱语都说成是哲学也不行啊。"

沃伦采夫望了望他。

"那么，你看，他是不是扯谎？"

"不，我的孩子，他没有扯谎。不过，你看，这件事我们谈论得够了。老弟，让我们抽起烟来，再把亚历山德拉·帕夫洛夫娜请过来……有她在，说话也好些，不说话也轻松些。她会弄茶给我们喝。"

"你说得对，"沃伦采夫说，"萨莎，进来吧！"他喊了一声。

亚历山德拉·帕夫洛夫娜走了进来。他抓住她的手，把它紧贴在唇上。

* * *

罗亭回到家里，心烦意乱，情绪异样。他埋怨自己，责备自己做事太冒失，轻率，令人不可原谅。难怪有人说：没有什么比意识到自己刚做了一件蠢事更为痛苦的了。

悔恨使罗亭苦恼。

"我真该死，"他含糊地低声说，"竟会跑去找这个地主！真是异想天开！无非是自找没趣！……"

而在达里娅·米哈伊洛夫娜家里，情况和平时也不一样。女主人本人整个早上没有露面，也没有出来吃午饭：只有潘达列夫斯基见到她，他有凭有据地说，她头痛。而娜塔利娅呢，罗亭几乎也见不到她：她和彭果小姐一起待在自己的房间里……在餐室里遇到他的时候，她那样忧伤地看了他一眼，使他的心都颤抖了。她的脸变了模样，好像从昨天起有一件不幸的事落到她的头上。一种模糊的忧伤的预感开始使罗亭痛苦。为了排遣忧思，他去找巴西斯托夫，和他作了长谈；他发现巴西斯托夫原来是一个热情的、朝气蓬勃的小伙子，满怀着热烈的希望和纯真的信念。到傍晚时分，达里娅·米哈伊洛夫娜才出来在客厅里大约坐了两小时。她对罗亭很客气，不过有些好像疏远，她时而微笑，时而蹙额，说话齉着鼻子，多半是暗示……俨然是一副宫廷贵妇人的气派。最近她对罗亭似乎有些冷淡。"这真是个谜？"他从旁边打量着她那向后仰着的小脑袋，心里在纳闷。

他不用等多久，这个闷葫芦就揭开了。夜里十二点钟，他正经过黑暗的走廊走回自己的房间。突然有人朝他手里塞了一个字条。他回头一看：一个女孩子，好像是娜塔利娅的侍女，正从他身边走开。他回到自己的房里，打发走仆人，展开字条，读到了娜塔利娅亲笔写的下面的几行：

明晨最迟不过七时,请来橡树林后面的阿夫久欣池旁。任何别的时间都不行。这将是我们最后的会面,一切都要完了,如果……请来吧。必须作出决定……

又及①:如果我不来,就是说,我们不能再见面了:那时我会通知您……

罗亭沉思起来,把字条拿在手里翻来覆去看了又看,就把它放在枕下,脱了衣服躺下,但是不能很快入睡,也睡不踏实,不到五点钟他就醒来了。

---

① 原著中是拉丁文。

9

娜塔利娅约罗亭在阿夫久欣池塘附近会面,这个池塘早已不再是一个池塘了。大约三十年前,它的堤岸溃决,从此就被废弃。只有看到那原来覆着一片肥沃淤泥的浅平的谷底和堤岸的残迹,才可以想见,当年这里曾有过一个池塘。这里还曾有过一座别墅,它也湮灭已久。只有两株巨松还令人记起这座别墅,风永远在巨松稀疏的高枝上凄厉地喧啸……老百姓中间流传着一些神秘的传说:在松树脚下曾发生过一件骇人的罪行;还说,这两棵树中无论哪一棵倒下,非压死人不可;还说,这里从前还有第三棵松树,在一次暴风雨中倒下,压死了一个小女孩。人们认为,这古老的池塘附近一带常常闹鬼。这里空旷光秃,即使在阳光灿然的日子里也是阴森森的,满目荒凉,而附近那片早已枯死的老橡树林更给这里增添了阴森荒凉的情景。这几株稀疏的巨树的灰色树干，高耸在低矮的灌木丛之上，好像是一些忧郁的幽灵。仿佛是几个心怀叵测的老家伙聚在一块，在图谋干什么歹事，看了令人毛骨悚然。有一条几乎看不出的窄窄的小道在旁边蜿蜒而过。没有特殊需要，谁也不会打阿夫久欣池旁穿过。娜塔利娅是有意选了这么个偏僻的所在的。这儿离达里娅·米哈伊洛夫娜的宅子不过半俄里。

罗亭来到阿夫久欣池塘附近的时候，太阳早已升起；但这并不是一个令人高兴的早晨。天空满是乳白色的密云；风呼啸着，尖叫着，刮得云朵飞快地飘动。罗亭沿堤岸来回走着，堤岸上长满带刺的牛蒡和发黑的荨麻。他心里并不平静。这些约会，这些新的感情，引起他的兴趣，但也使他激动，特别是读了昨晚的字条之后。他看到结局就要分晓，心里七上八下，虽然，看他双手交叉在胸前，眼睛聚精会神地望着四周，神态是那么坚决，谁也想不到他的心情竟是如此。难怪皮加索夫有一次说他像个中国泥娃娃，脑袋总显得特别重。但是一个人光靠一个脑袋（不论这个脑袋是多么管用），都难以弄明白甚至自己心里究竟在想些什么……罗亭，聪明的、能洞察一切的罗亭，都不能肯定地说，他是否爱娜塔利娅，他是否在苦恼，如果和她分离，他会不会感到痛苦。他既然无意去挑逗女性——这一点是应该为他说句公道话的——那他何必把一个可怜的姑娘弄得神魂颠倒？他为什么要心怀颤栗等待她呢？惟一的答案是：越是缺乏热情的人越容易动情。

他在堤坝上走着，娜塔利娅却直穿田野，踏着湿草，急匆匆地向他走来。

"小姐！小姐！您要把脚弄湿啦。"她的侍女玛莎对她说，几乎赶不上她。

娜塔利娅不去理她，头也不回地往前跑。

"唉，但愿别让人看见我们！"玛莎一再地说，"我们能够从家里溜出来，这就够奇怪的了。法国小姐可千万别醒来……幸亏离家不远……那位先生已经在等着了，"她忽然看见罗亭的匀称的身躯站在堤上，其姿态可以入画，又加了一句，"只是他不该站在这么高的地方——他该到洼地里去才是。"

娜塔利娅站住了。

"你在这儿等着，玛莎，在松树旁边。"她说了就向池塘走下去。

罗亭走到她跟前,愕然地站住了。他还没有见到过她脸上这样的表情。她双眉紧蹙,嘴唇紧闭,目光严厉地、直直地望着前面。

"德米特里·尼古拉伊奇,"她开始说,"我们没有时间可以浪费。我来只能待五分钟。我要告诉您,妈妈一切都知道了。前天潘达列夫斯基先生偷看了我们,把我们约会的事告诉了她。他一向都给妈妈做暗探。昨天妈妈把我叫去。"

"我的天!"罗亭叫道,"这太可怕了……那您妈妈是怎么说的?"

"她没有对我发脾气,也没有骂我,只是责备我不该太轻率。"

"就这些?"

"是的,她还对我说,她宁愿看我死,也不愿意让我做您的妻子。"

"她真的这么说了。"

"是的;她还说,您自己根本不想跟我结婚,您不过是闲得无聊,才来逗我玩的,她说她没有料到您会做出这种事来；她说，不过这也怨她自己：她不该让我老跟您见面……她说，她一向相信我是个明白人，这一回我太让她吃惊了……她还对我说了些什么，我已经记不全了。"

这些话，娜塔利娅是用一种平静的、几乎听不出的声音说出来的。

"那么您，娜塔利娅·阿列克谢耶夫娜，您是怎么回答她的？"罗亭问。

"我怎么回答她的？"娜塔利娅重复了一遍，"现在您打算怎么办？"

"我的天！我的天哪！"罗亭说，"这是多么残酷！这么快！……这么突如其来的打击！……您妈妈竟然是这么生气么？"

"是的……是的，她听都不要听到您的名字。"

"这真可怕！这么说，一点儿希望也没有了？"

"没有。"

"我们怎么这样不幸！这个卑鄙的潘达列夫斯基！……您问我，娜塔利娅·阿列克谢耶夫娜，我打算怎么办？我的头晕了——我一点儿主意都想不出来……我只感到我的不幸……我奇怪，您怎么还这么冷静？"

"您以为我心里好受么？"娜塔利娅说。

罗亭开始在堤上走来走去。娜塔利娅的眼睛一直盯着他。

"您妈妈有没有盘问您？"他终于说。

"她问我，爱不爱您。"

"嗯……您是怎么说的？"

娜塔利娅沉默了一会儿。

"我照实说了。"

罗亭握住她的手。

"不论在什么时候，不论在什么事情上，您都是那么高尚，宽厚！啊，少女的心——这是纯金！您妈妈当真是这么坚决地表示，她决不让我们结婚吗？"

"是的，很坚决。我已经对您说了，她确信您自己并不想和我结婚。"

"这么说，她是把我当做个骗子！我做了什么坏事要担这个丑名啊？"

于是罗亭紧紧抓住自己的头。

"德米特里·尼古拉伊奇！"娜塔利娅说，"我们这是在白白地浪费时间。您要记住，我是最后一次和您见面。

我来这儿不是为了哭,不是为了诉苦——您看,我没有哭——我是来请您拿出主意来的。"

"可是我能给您出什么主意呢,娜塔利娅·阿列克谢耶夫娜?"

"出什么主意?您是个男子汉;我一向习惯了信赖您,我始终都会信赖您。告诉我,您打算怎么办?"

"我打算怎么办?您妈妈大概要撵我走了。"

"可能。她昨天已经向我宣称,要我跟您断绝关系……可是您并没有回答我的问题。"

"什么问题?"

"您认为现在我们该怎么办?"

"我们该怎么办?"罗亭说,"当然是屈服。"

"屈服。"娜塔利娅缓缓地重复他的话,她的嘴唇发白了。

"向命运屈服,"罗亭继续说,"那有什么办法!我十分懂得,这是多么痛苦,难受,令人无法忍受;但是您自己好好地想想,娜塔利娅·阿列克谢耶夫娜,我穷……当然,我可以工作;但是,即使我是个有钱的人,您能不能忍受被迫和您的家庭决裂,能不能忍受您母亲的震怒呢?……不,娜塔利娅·阿列克谢耶夫娜,这连想都不必去想。可见我们命中注定不能生活在一块,我梦寐以求的幸福与我无缘!"

娜塔利娅突然双手捂住脸,哭了起来。罗亭走到她身边。

"娜塔利娅·阿列克谢耶夫娜!亲爱的娜塔利娅!"罗亭热情地说,"别哭,看上帝的分上,不要折磨我,不要伤心……"

娜塔利娅抬起头来。

"您对我说,叫我不要伤心,"她开始说,她的满含泪水的眼睛放着光,"我哭,并不是为了您想的那些事情……我并不是为那些伤心,我伤心的是我看错了您……正是这样!我来找您拿主意,而且是在这样的紧要关头,可您的第一句话就是:屈服……屈服!原来您就是这样把您的那套关于自由,关于牺牲的议论运用到实践中来的……"

她的声音哽住了。

"可是,娜塔利娅·阿列克谢耶夫娜,"罗亭窘态毕露地开始说,"请记住……我并不是言行不一……只是……"

"您问我,"她又鼓起力量继续说,"当我母亲向我宣称,她宁愿我死也不同意我和您结婚的时候,我是怎么回答她的:我回答她说,我宁死也不嫁给别人……可您却说:屈服！结果，她是说对了：您的确是因为没事干，出于无聊，才跟我闹着玩的……"

"我对您发誓，娜塔利娅·阿列克谢耶夫娜……我向您保证……"罗亭强调地说。

但是，她不听他的。

"那您当初究竟为什么没有阻止我？您自己为什么……难道您就没有估计到会遇到阻碍？我真不好意思提到这一点……不过，反正这一切已经完了。"

"您要安静一下，娜塔利娅·阿列克谢耶夫娜，"罗亭开始说，"我们俩得考虑考虑，有什么办法……"

"您开口闭口净说什么自我牺牲，"她打断了他，"但是您知道吗，今天，就是刚才，您要是对我说：'我爱您，但是我不能结婚，我不能对将来负责，把您的手给我，跟我走。'您知道吗，我就会跟您去，您知道吗，我已经下定决心，不顾一切了？可是，大概从空谈到行动距离还很远，所以，现在您就畏缩了，正像前天在餐桌上您在沃伦采夫面前畏缩一样！"

罗亭猛地涨红了脸。娜塔利娅的出人意料的热情使他惊讶，但她最后的那句话伤害了他的自尊心。

"您现在太激动了,娜塔利娅·阿列克谢耶夫娜,"他开始说,"您不懂得,您是多么残酷地伤害了我。我希望有一天您会给我下个公平的断语;您会懂得,我放弃像您自己所说的幸福——不用我承担任何义务的幸福,——我心里是什么滋味。您的安宁对我比世上的一切都宝贵,而且,我将是一个最卑鄙的小人,如果我竟决定趁此……"

"也许是,也许是,"娜塔利娅打断他的话,"也许您是对的:我不知道我在说些什么。但是在这以前,我是相信您的,相信您的每一句话……今后,说话请先要多加考虑,不要信口乱说。当我对您说我爱您的时候,我是知道这句话的意义的:我准备作出一切牺牲……现在我只有感谢您给我的教训,和您永别了。"

"看上帝的分上,别说啦,娜塔利娅·阿列克谢耶夫娜,我恳求您。我向您发誓,我不应该受到您的蔑视。您要设身处地替我想想。我要对您、也要对我自己负责。如果我不是以一片最忠诚的爱来爱您——我的天哪!我会立即主动提出要您跟我私奔……您妈妈迟早会原谅我们……到那时……但是在想到我自己的幸福之前……"

他停下了。娜塔利娅一直在注视着他,她的目光使他不安。

"您极力向我证明,您是个正直的人,德米特里·尼古拉伊奇,"她说,"这一点我并不怀疑。您不会出于个人的打算来行事,不过,我到这儿来难道是要证实这个,难道我来是为了这个……"

"我没有料到,娜塔利娅·阿列克谢耶夫娜……"

"啊!现在您可说漏了嘴!是啊,这一切您都没有料到——您并不了解我。您放心吧……您并不爱我,我也不会缠住人家不放。"

"我是爱您的!"罗亭高声说。

娜塔利娅挺直了身子。

"也许是;但您是怎样爱我的呢?您的话我句句都记得,德米特里·尼古拉伊奇。您记得吗,您曾对我说过,没有完全的平等就没有爱情……对我来说,您是太高了,我配不上您……我这是咎由自取。在您面前有着更值得您去做的事业。我再也不会忘记今天……别了……"

"娜塔利娅·阿列克谢耶夫娜,您要走么?难道我们就这样分手吗?"

他向她伸出双手。她站住了。他的恳求的声音似乎使她动摇。

"不,"她终于说,"我觉得我心里有什么东西碎了……我完全像生了热病似的跑到这儿来,跟您说话,我应该清醒清醒才是。这是不应该的。您自己说的,这不可能。我的天哪,我到这儿来的时候,我心里已经告别了我的家,告别了我的整个过去,——结果却怎么样呢?我在这里遇到的是什么样的人呢?一个胆小的人……您怎么知道我不能忍受和家庭别离呢?'您妈妈不同意……这真可怕!'这就是我听到您所说的一切。这就是您,这就是您罗亭吗?不!唉,别了……如果您真的爱过我,此刻,在这一瞬,我是会感到的……不,不,别了!……"

她很快地转过身,向玛莎跑去,玛莎早已等急了,在向她做着手势。

"胆怯的是您,不是我!"罗亭在娜塔利娅后面喊道。

她已经不去理他,急急地穿过田野,跑回家去。她总算平安地回到自己的卧室里;但是刚跨过门槛,她就一点儿力气也没有,昏倒在玛莎的怀里了。

罗亭却还在堤上站了好久。最后他猛地抖了一下身子,迈着缓慢的脚步走上小径,悄悄地走着。他感到十分羞愧……伤心。"真了不起!"他想,"才十七岁!……不,我不了解她……她是个了不起的姑娘。多么坚强的意志……她是对的;她应该得到的不是我对她感到的那种爱……我感到过吗?"他问自己。"难道我已经不能再感到爱情了么?这么说,这一切只好这样结束了!和她相比,我是多么可怜和渺小啊!"

一辆竞赛用的两轮马车的轻轻的响声使罗亭抬起眼睛。迎面而来的是列日涅夫驾着他那匹永远不换的小走马。罗亭向他默默地点点头,接着,好像猛然想起什么似的遽然一惊,拐了过去,急急地朝着达里娅·米哈伊洛夫娜家的方向走去。

列日涅夫让他走开,望望他的背影,想了一想,也掉转马头——回到沃伦采夫那里,他是在沃伦采夫家过的夜。他看沃伦采夫还睡着,叫人不要叫醒他,在等待端茶上来的时候,他走到阳台上坐下,抽起烟斗来。

10

沃伦采夫九点多起床,听说列日涅夫在阳台上坐着,感到十分奇怪,叫人去请他过来。

"出了什么事?"他问他,"你不是要回家的吗?"

"是啊,是要回家,可是路上遇到罗亭……他一个人在田野里走着,一副伤心的样子。我就转身回来了。"

"你是因为遇到罗亭才回来的吗?"

"说实在的,我自己也不知道我为什么回来:大概是因为想起了你:我想跟你坐一会儿,要回家时间有的是。"

沃伦采夫苦笑了。

"是啊,眼下一想到罗亭,就不能不想起我……来人哪!"他大声喊道,"给我们拿茶来。"

两个朋友喝起茶来。列日涅夫谈起经营田地的事,谈起用纸料苫盖仓库的新办法……

突然,沃伦采夫从圈椅上跳起来,用力猛朝桌上捶了一下,捶得茶杯和碟子都叮当作响。

"不行!"他叫起来,"我可忍受不下去了!我要跟这个聪明人决斗,让他一枪把我打死,否则我就想办法把子弹打进他那有学问的额头。"

"你怎么啦,你怎么啦,算了吧!"列日涅夫嘟囔说,"怎么可以这样大声嚷嚷!吓得我把烟斗都掉下来了……你这是怎么回事?"

"这是因为我一听到他的名字火就来了:我浑身的血都要沸腾了。"

"得啦,老弟,得啦!你怎么不害臊!"列日涅夫从地上拾起烟斗,说,"算啦!别管他!……"

"他侮辱了我,"沃伦采夫继续说,一面在室内踱来踱去……"是啊!他侮辱了我。这一点你自己应该同意。起初我一时想不出主意来,我被他弄蒙了,谁能料到他来这一手呢?可是我要向他证明,跟我是开不得玩笑的……我要把他这个该死的哲学家一枪打死,就像打死一只沙鸡似的。"

"可不是嘛,这一来对您的好处可大啦!我且不说你的姐姐。当然了,你正在气头上……哪里还会想到姐姐!至于对另外那一位,——你认为,杀了哲学家,你就能使你的事情好转吗?"

沃伦采夫猛地往圈椅里一坐。

"那我就出门去!要不然的话,在这里,痛苦会把我的心压碎的;我简直是坐立不安。"

"出门去……那就又当别论了!这个主意我赞成。你知道我建议你怎么办吗?我们一起出去——去高加索,或者索性去小俄罗斯,去吃面疙瘩①。老弟,这个主意真不赖!"

"是啊,可是又留下谁来陪我姐姐呢?"

"亚历山德拉·帕夫洛夫娜干吗不能跟我们一起去呢?真的,那可太好了。服侍她的事,由我来管!保管要啥有啥;要是她愿意,我可以每天晚上让人在她窗下唱情歌,给马车夫身上洒得香喷喷的,路上插鲜花。至于你我,老弟,简直是重新投胎了;我们要好好地享享福,回来的时候挺着大肚子,什么爱情都不能使我们动心了。"

---

① 乌克兰的一种食品。

"你净爱说笑话,米沙①。"

"我一点儿不是说笑话。你想出来的这个主意真妙极了。"

"不!你胡说!"沃伦采夫又大叫起来:"我要决斗,我要跟他决斗!……"

"又来了!你啊,老弟,今天的火气可真大!……"

一个仆人手里拿着一封信走进来。

"谁来的信?"列日涅夫问。

"罗亭,德米特里·尼古拉耶维奇的信。拉松斯基家的仆人送来的。"

"罗亭的信?"沃伦采夫重复说,"给谁的?"

"给您的,老爷。"

"给我的……拿来。"

沃伦采夫把信抓过来,急忙拆开读了起来。列日涅夫注视着他:沃伦采夫的脸上露出了异样的、几乎是又惊又喜的表情;他垂下了双手。

"什么事?"列日涅夫问。

---

① 米沙是米哈伊洛的爱称。

"你看吧。"沃伦采夫低声说,把信递给他。

列日涅夫开始读起来。这就是罗亭的信:

谢尔盖·帕夫洛维奇阁下!

今天我就要离开达里娅·米哈伊洛夫娜的家,永远不回来了。这大概会使您感到惊讶,特别是在昨天发生的事情以后。我不能向您解释,究竟是什么使我不得不这样做;但我不知为什么觉得,我应该把我离去的消息让您知道。您不喜欢我,甚至把我当做坏人。我不打算替自己分辩;时间会证明我是对的。我认为,一个男子汉去向一个抱有成见的人供出他的成见是不体面的,是有失身分,也是无益的。知我者会谅解我,不愿意或者不能了解我的人——他的指摘也无损于我。我看错了您。在我的心目中,您仍然是一个高贵正直的人;但我曾经以为,您是会高出您成长在其中的那个环境的……但我却看错了。有什么办法呢?!这在我不是第一次,也不是最后一次。我再次对您说:我要走了。祝您幸福。请您同意,这个祝愿是绝对无私的,而且希望您现在就会幸福。也许,随着时间的推移,您会改变对我的看法。我们是否还会见面,我不知道,不管怎样,我仍旧是衷心尊敬您的。

德·罗

附启①:所欠尊款二百卢布,一俟我回到T省的敝田庄,当即奉还。务祈在达里娅·米哈伊洛夫娜面前勿提及此信。

又及②:还有最后一个、但很重要的请求:现在我既然要走了,希望您勿向娜塔利娅·阿列克谢耶夫娜提到我造访的事……

"嗯,你有什么可说的?"列日涅夫刚读完信,沃伦采夫就问。

"这还有什么可说的!"列日涅夫说,"只有照东方人那样高呼:'安拉③!安拉!'并且惊讶得把手指塞到嘴里——所能做的无非就是这些。他要走了……好吧!走了倒好。有趣的是:他把写这封信当做义务,他来看你也是

---

① ② 原著中是拉丁文。
③ 安拉是伊斯兰教的真主。

出于义务感……这些先生们时时处处都不忘义务,老是义务,义务——还有债务①。"列日涅夫冷笑着指指附启②,加了一句。

"他说得可真好听!"沃伦采夫高声说,"什么他看错了我:他原来期待我会高出那个环境……真是乱弹琴,天哪!比诗歌还糟糕!"

列日涅夫没有回答;他只是眼睛里露出笑意。沃伦采夫站了起来。

"我要到达里娅·米哈伊洛夫娜家去一趟,"他说,"我要去看看,这一切是怎么回事……"

"等一等,老弟:让他走吧。你何必再去和他顶撞?要知道,他就要销声匿迹了——你还要什么呢?你还不如去躺一下,睡一会儿;昨天夜里你大概折腾了一宿吧。现在你的事情是渐入佳境了。"

"你是从哪里得出这样的结论?"

"我觉得是这样。真的,去睡一会儿吧,我到你姐姐那边去——陪她坐一会儿。"

---

① 俄语中"义务"和"债务"是同一个词。
② 原著中是拉丁文。

"我一点儿不想睡。我睡它干什么!……我还不如到地里去看看。"沃伦采夫说,整了整大衣下摆。

"那也好。去吧,老弟,去吧,到地里去看看……"

于是列日涅夫就到亚历山德拉·帕夫洛夫娜这边来。她正在客厅里,亲切地招呼他。他来总让她高兴;但是她的脸上还带着几分愁容。罗亭昨天的来访使她感到不安。

"您从我弟弟那边来的吗?"她问列日涅夫,"他今天怎么样?"

"没什么,他下地去看看去了。"

亚历山德拉·帕夫洛夫娜半晌没有做声。

"请您告诉我,"她注视着手帕的花边,开始说,"您知不知道,为什么……"

"罗亭来吗?"列日涅夫接腔说,"我知道,他是来辞行的。"

亚历山德拉·帕夫洛夫娜抬起头来。

"怎么——来辞行?"

"是啊。您难道没听说?他要离开达里娅·米哈伊洛夫娜家了。"

"要离开?"

"永远离开。至少他是这么说的。"

"得啦吧,这叫人怎么理解呀,在发生了这一切之后……"

"这是另外一回事了!是叫人没法理解,可事情就是这样。大概是,他们之间发生了什么事。他把弦绷得太紧——它就断了。"

"米哈伊洛·米哈伊雷奇!"亚历山德拉·帕夫洛夫娜开始说,"我一点儿也不明白;大概,您是在嘲笑我……"

"我实实在在不是……告诉您,他要走了,甚至还写信通知友好呢。这件事,从某个观点来看,也可说不是件坏事。但是,他这一走,却影响了我和令弟开始商量的一个妙不可言的计划。"

"怎么回事?什么计划?"

"是这样的。我劝令弟出去旅行,散散心,把您也带上。说实在的,服侍您的事,由我来……"

"好极了!"亚历山德拉·帕夫洛夫娜高叫道,"我可以想象得出,您会怎样服侍我。您非把我饿死不可。"

"您这么说,亚历山德拉·帕夫洛夫娜,是因为您不了解我。您以为我是个笨蛋,地地道道的大笨蛋,是个木头疙瘩;您知不知道,我也能像白糖一样溶化,可以整天整天地跪着?"

"老实说,这我倒真想看一看呢!"

列日涅夫突然站了起来。

"那您就嫁给我吧,亚历山德拉·帕夫洛夫娜,这样,您就统统都能看到了。"

亚历山德拉·帕夫洛夫娜的脸一直红到耳根。

"您这是什么话,米哈伊洛·米哈伊雷奇?"她又羞又窘地重复说。

"我说的话,"列日涅夫回答说,"早已在我的舌尖上转过上千次了。现在我终于说了出来。怎么办,就听您的便吧。我现在就出去,免得您不好意思。如果您愿意做我的妻子……我这就走……如果您不讨厌我,您只要让人来叫我:我就会明白……"

亚历山德拉·帕夫洛夫娜本想留住列日涅夫,但他却匆匆地走了,帽子也没有戴就到花园里去,倚着小门,眼睛望着远处。

"米哈伊洛·米哈伊雷奇!"他身后传来婢女的声音,"请到太太那儿去。她让我请您去。"

米哈伊洛·米哈伊雷奇转过身来，双手捧住婢女的头，在她的额头上吻了一下，使她大为吃惊。接着就跑到亚历山德拉·帕夫洛夫娜那里去了。

11

罗亭和列日涅夫相遇之后,立刻回家,把自己关在房间里,写了两封信:一封——给沃伦采夫(读者已经知道),另一封给娜塔利娅。第二封信使他煞费脑筋,他涂了又涂,改了又改,后来仔细地誊写在一张薄薄的信笺上,尽量折得小小的,放在口袋里。他满面愁云地在房间里来回踱了几次,后来在窗前的圈椅上坐下,手托着腮;眼泪渐渐地渗到他的睫毛上……他站起来,扣好全部纽扣,唤来仆人,叫他去问问达里娅·米哈伊洛夫娜,他能不能去见她。

仆人很快回来回报说,达里娅·米哈伊洛夫娜有请。罗亭就到她那里去了。

像两个月前初次接见他一样,她在书房里接见他。不过这一回她不是一个人:有潘达列夫斯基坐在她那里,他永远是那么谦逊,容光焕发,整洁,一副含情脉脉的样子。

达里娅·米哈伊洛夫娜客客气气地接见罗亭,罗亭也客客气气地向她行礼,但是,任何一个即使阅世不深的人,一眼看到两人的笑脸也会明白,他们之间曾发生过什么不快,尽管没有说出口来。罗亭知道,达里娅·米哈伊洛夫娜在生他的气。而达里娅·米哈伊洛夫娜也在揣测,他是否统统都知道了。

潘达列夫斯基的告密使她心烦意乱。上流社会人的傲气在她心里抬头了。罗亭,一个穷小子,一个没有官衔、目前还是个无名之辈,居然胆敢和她的女儿——达里娅·米哈伊洛夫娜·拉松斯卡娅的女儿——私下约会!!

"就算他聪明,他是个天才!"她说,"这又能说明什么呢?这样一来,随便什么人都可以指望做我的女婿了吗?"

"我老半天都不能相信自己的眼睛,"潘达列夫斯基接腔说,"我真奇怪,他居然这样不自量。"

达里娅·米哈伊洛夫娜十分激动,结果娜塔利娅挨了她一顿好骂。

她请罗亭坐下。他坐下了,然而已经不是往日的、几乎是一家之主的罗亭,甚至不像一个好朋友,而是像一位客人,还是一位生客。这一切都是在一瞬间发生的……就像水突然变成坚冰一样。

"我来见您,达里娅·米哈伊洛夫娜,"罗亭开始说,"是来感谢您的盛情款待。今天我接到了敝庄来的消息,今天一定要回去。"

达里娅·米哈伊洛夫娜对罗亭凝视了一会儿。

"他倒抢了我的先,大概是看出了苗头,"她心里想,"这样也好,倒省得我多费口舌来解释。聪明人真是了不起!"

"是吗?"她高声说,"啊,真令人不快!可是,有什么办法呢!希望今冬能在莫斯科和您见面。我们不久也要离开这里。"

"达里娅·米哈伊洛夫娜,我不知道,我能否去莫斯科;不过,如果我的钱凑手,我一定前来拜见。"

"啊哈,老兄!"潘达列夫斯基暗想,"曾几何时你还像个大老爷似的在这儿颐指气使,现在也不得不说好听的了!"

"这么说,您是接到贵庄的令人不快的消息喽?"潘达列夫斯基用惯常的从容不迫的腔调说。

"是的。"罗亭冷冷地说。

"大概是收成不好吧?"

"不……是别的事……请您相信,达里娅·米哈伊洛夫娜,"罗亭接着说,"在府上度过的日子,使我毕生难忘。"

"我,德米特里·尼古拉伊奇,也会永远愉快地记起我们的相识……您几时动身?"

"今天,午饭以后……"

"这么快!……好,祝您一路平安。不过,如果您的事务不会使您耽搁太久,您也许还能在这里遇到我们。"

"恐怕来不及了。"罗亭说了就站起身来。"对不起,"他又说,"我欠您的钱不能马上奉还,等我一回去……"

"得啦,德米特里·尼古拉伊奇!"达里娅·米哈伊洛夫娜打断他的话,"亏您怎么说得出口!……现在几点钟啦?"她问。

潘达列夫斯基从背心口袋里摸出一只镶珐琅的小金表,把他那粉红色的面颊小心地抵在白色的硬领上,低头看了看表。

"两点三十三分。"他说。

"我该去换衣服了,"达里娅·米哈伊洛夫娜说,"再见,德米特里·尼古拉伊奇！"

罗亭站了起来。他和达里娅·米哈伊洛夫娜之间的全部谈话都带有一种特殊的意味。当演员的就是这样来排演自己的角色,外交家们在会议上就是这样交换事先拟就的辞句……

罗亭走了出去。上流社会的人们对待一个他们已经用不着的人,就像对待舞会后的手套,对待一张包糖果的纸和没有中彩的彩票那样,甚至不是扔掉,而是随手丢在地上——这一点现在他可算有了亲身的体会。

他匆匆忙忙地收拾好行李,焦急地等着动身时刻的到来。全家的人知道他的打算以后,都感到非常惊奇,连仆人们都困惑不解地望着他。巴西斯托夫并不掩饰自己的悲伤。娜塔利娅显然是在回避着罗亭。她极力避免和他的目光相遇;但他还是设法把自己的信塞到她的手里。午饭时,达里娅·米哈伊洛夫娜又一次说,希望在去莫斯科之前能够再见到他,但是罗亭没有回答。潘达列夫斯基一再找他搭讪。有好几次,罗亭真恨不得扑过去,使劲给他那鲜艳红润的脸上一记耳光。彭果小姐常常带着异样的、狡猾的眼神打量着罗亭:在非常机灵的老猎狗的眼睛里往往可以看到这样的眼神……"啊哈!"她好像在对自己说,"你也尝到滋味了!"

终于敲过了六点钟,牵来了罗亭的四轮马车。他开始匆匆地和大家告别。他的情绪坏到极点。他没有料到,他竟会这样狼狈地离开这座屋子:他好像是被赶出去的……"这是怎么搞的!何必这样匆忙?不过话又说回来,反正都是一样。"他这样想着,一面勉强带笑向四面点头。他最后一次看了看娜塔利娅,他的心颤动了:她向他投来的告别的目光中含着伤心的谴责。

他急急跑下台阶,跳进马车。巴西斯托夫主动要送他一站,和他一同坐下。

"您可记得,"马车刚出院子,走上两旁植着云杉的大路时,罗亭开始说,"您可记得堂吉诃德离开公爵夫人的宫殿时,对他的侍从是怎么说的吗?'自由,'他说,'我的朋友桑丘,是一个人最宝贵的财富。不必仰仗别人,托老天爷的福有一块面包的人,是幸运的!'堂吉诃德当时的感受,现在我也有同感……我的好巴西斯托夫,愿上帝保佑有一天您也会有这样的感受!"

巴西斯托夫紧握着罗亭的手,这个正直的青年人的心在他那深受感动的胸膛里剧烈地跳动起来。一路上,罗亭谈到人的尊严,谈到自由的真谛,一直谈到驿站,——他谈得热情,崇高,真实,——到分手的时刻,巴西斯托夫忍不住扑过去搂住他的颈脖痛哭起来。罗亭自己也泪如雨下,但他哭并不是为了和巴西斯托夫分别,他的眼泪是自尊的眼泪。

* * *

娜塔利娅回到自己的房间里,读了罗亭的信。

亲爱的娜塔利娅·阿列克谢耶夫娜:

我决定要走了。我舍此没有别的办法。我决定在没有公然对我下逐客令之前走掉。我这一走,会使种种猜疑都告结束;恐怕也未必会有人为我惋惜。我还等待什么呢?……事情就是如此,但我为什么还要写信给您呢?

我就要和您分别了,可能是永别了,给您留下一个比我应得的更坏的记忆,是十分痛苦的。这就是我要给您写信的原因。我不想为自己辩白,也不想归咎于任何人，我是咎由自取：我只想尽可能地解释一下……最近几天发生的事情是这样出人意料，这样突然……

今天的会见对我是一个刻骨铭心的教训。是的，您是对的：我并不了解您，却自以为了解您！在我的一生中，我曾和形形色色的人交往，我接近过的妇人和少女也很多；但是在遇到您之后，我才是初次遇到一个完全诚实的、正直的灵魂。这是我所不习惯的，所以我没有能够珍视您。和您认识的第一天，我就感到被您吸引住了——这您可能觉察到了。我和您一同度过不少时间，而对您却并不了解；我甚至没有设法要了解您……而我竟然以为我是爱上了您！！为了这个罪过，我现在受到惩罚了。

以前我也爱过一个女人，她也爱我……我对她的感情是复杂的，她对我也是如此；正因为她本人并不单纯，所以这样倒也合适。那时真相没有向我显露出来：我不认识它，现在它呈现在我面前……我终于认出了它，可是已经太晚了。逝者不可追……我们的生命本来是可能结合在一起的——现在却是永远不会结合的了。我怎样才能向您证明,我是可以用真正的爱——发自真心的爱而不是想象的爱——来爱您呢,因为我自己都不知道,我是否能够这样来爱!

天赋给我的很多——这一点我是知道的,我不愿意出于假装出来的羞惭在您面前故作谦虚,特别是在我这样痛苦,这样无地自容的时刻……是的,天赋给我的很多;但是在我离开人世的时候,既不会做出一件与我的能力相称的事,身后也不会留下一点儿值得称道的痕迹。我的全部才智都将白白浪费:我不会看到我所播下的种子结出的果实。我缺少……我自己也说不出,我究竟缺少什么……我缺少的也许是:既不能用来打动人们的心,也不能用来征服女人的心的东西;而单单控制人们的头脑,是既不牢固,也没有用处。我的命运是奇怪的、几乎是滑稽可笑的:我要想满腔热忱地、毫无保留地献出我的一切——却又不能献出去。到头来,我将为了连我自己都不会相信的什么莫名其妙的傻事牺牲自己……天哪!到了三十五岁还在打算干出什么事业来!……

我还从没有对什么人这样披肝沥胆——这是我的

忏悔。

关于我自己,已经说得够了。我想谈谈您,向您进几句劝告:此外对我都是不合适的……您还年轻,但不管今后您要生活多久,您都要永远按照您的内心的提示,而不要屈从于自己的或是别人的理智。请相信我的话,生活越是简单,生活圈子越是狭小,就越好。问题不在于去探求生活新的方面,而在于让生活的各个阶段都按时完成。"幸福的人在年轻时就像年轻人……"①但是我发现,这些劝告对于我要比对您更适用得多。

我要坦白地对您说,娜塔利娅·阿列克谢耶夫娜,我心里非常痛苦。对于我在达里娅·米哈伊洛夫娜心中唤起的感情的性质,我从不抱幻想;不过我曾希望过我是找到了一个哪怕是暂时的栖身所在……现在我又要到处流浪了。对我来说,有什么能够代替您的谈话,和您的相处,以及您那关注而聪明的目光呢?……都怪我自己不好;但是您也会同意,命运似乎在故意嘲

---

① 引自普希金的《叶甫盖尼·奥涅金》第八章第十节。

弄我们。一个星期以前，恐怕我自己也不曾想到我在爱您……前天晚上在花园里，我第一次听您说……可是何必再向您提起当时您所说的话呢，——今天我就要走了，可耻地走了，经过和您那番令人心碎的谈话之后，不再抱有任何希望……您还不知道，我是多么对不起您……我身上有一种傻里傻气的坦率劲儿，爱多说话……但是说这些有什么用呢！我要永远离开了。

（在这里，罗亭给娜塔利娅写了他去拜访沃伦采夫的事，但是他想了想，又把这一段整个涂掉，在给沃伦采夫的信里添上第二段又及①。）

今后我将孑然一身留在这个世界上，去献身——像您今天早上带着残酷的讥笑对我所说的——于另一些对我更合适的事业。唉！如果我真能献身于这些事业，能终于克服我的懒散就好了……可是不行！我这个人至今是一事无成，今后也将是如此……碰到一点

---

① 原著中是拉丁文。

儿挫折——我就彻底垮了;我和您之间发生的事就足以证明这一点。如果我,至少是为了我未来的事业,为了我的天职而牺牲我的爱情,那还情有可原,但我只是被落在我肩上的责任吓倒了;因此,我的确是配不上您。我不值得您为我而脱离您的环境……可是话又说回来,这样也许更好。经受过这番考验,我或许会变得比较纯洁,比较坚强。

祝您美满幸福。别了!请有时想到我。希望您还会听到我的消息。

罗　亭

娜塔利娅把罗亭的信放在膝上,眼睛望着地面,呆呆地坐了好久。这封信比任何理由都更为清楚地向她证明:早上她和罗亭分别的时候,情不自禁地高声说他并不爱她,这句话她说得对!然而这并没有使她心里感到轻松些。她一动不动地坐着,她觉得,仿佛有一阵阵的黑浪没有声息地盖过她的头顶,她便四肢发僵,木然无语地沉向水底。初恋的失望对任何人都是痛苦的;但是对于一个真挚的灵魂,一个不愿欺骗自己、不知轻佻和夸大为何物的灵魂,这几乎是无法忍受的。娜塔利娅想起了自己的童年，记得她在傍晚散步的时候，她总要朝着天边燃着晚霞的光明的方向走去，而不肯朝着黑暗的那一面走。现在，她面前的生活是黑暗的，她是背对着光明了……

娜塔利娅的眼睛里满含着泪水。但是眼泪并非总能起良好的作用。当泪水在胸中憋了好久，终于流了出来，起初是费力地、渐渐地越来越通畅，越甜美，这样的眼泪是令人愉快的，能治疗心头的创痛，无言的苦痛可以由此而消除……但是也有冷冰冰的眼泪，舍不得流出来：压在心上的痛苦用推不动的重荷把它们一滴一滴地从心里挤出来；这样的眼泪就不会使人愉快，流了也不会令人轻松。不到真正伤心的时刻不会流这样的眼泪；没有流过这种眼泪的人，还算不得真的不幸。这一天娜塔利娅是尝到它的滋味了。

过了大约两个小时。娜塔利娅打起精神站起身来，擦干眼泪，点起蜡烛，把罗亭的信在蜡烛的火苗上付之一炬，把灰烬扔到窗外。后来她信手翻开一本普希金的诗集，读了最先看到的几行诗（她常常这样用诗来占卜）。这就是她看到的：

谁动过情感，

不可复返的岁月的幽灵就扰乱他的心……

他就不再有所迷恋，

回忆好像蛇蝎，

悔恨也将他咬啮……①

她站了一会儿，带着冷冷的微笑照了照镜子，微微点了点头，就下楼到客厅里去。

达里娅·米哈伊洛夫娜一看到她，就把她带进书房，让她坐在身旁，亲切地拍拍她的面颊，同时注意地、几乎是带着好奇探视着她的眼睛。达里娅·米哈伊洛夫娜心里暗自纳闷：她第一次想到，实际上她对自己的女儿并不了解。当她听到潘达列夫斯基告诉她娜塔利娅和罗亭约会的事，她与其说是生气，不如说是惊讶，她的明白事理的娜塔利娅竟会做出这种事来。但是当她把女儿叫来，开始责骂她——完全不像意料之中一个具有西欧教养的妇人那样，

---

① 引自普希金的《叶甫盖尼·奥涅金》第一章第四十六节。

而是泼妇骂街式的——的时候,娜塔利娅的坚决的回答,她的目光和举动中表示的决心,却使达里娅·米哈伊洛夫娜感到困惑,甚至把她吓住了。

罗亭的突然的、也是不太可以理解的离去,使她的心头如释重负;但她期待看到的是眼泪,是歇斯底里的发作……娜塔利娅的外表的平静又把她弄糊涂了。

"好啦,怎么样,孩子,"达里娅·米哈伊洛夫娜开始说,"你今天怎么样?"

娜塔利娅看了看自己的母亲。

"他总算走了……你的那位意中人。你知不知道,他为什么走得这么匆忙吗?"

"好妈妈!"娜塔利娅轻声说,"我向您保证,如果您自己不再提起他,您是永远不会听我提到他的。"

"那么,你承认你是做了对不起我的事?"

娜塔利娅低下头去,又重复了一遍:

"您永远不会听我提到他。"

"好吧,你自己瞧着办吧!"达里娅·米哈伊洛夫娜带笑说,"我相信你。可是前天,你可记得,你还怎么……好,我不说啦。一切都结束了,解决了,忘掉了。不是吗?现在你又恢复了原来的样子,要不然,我真是束手无策了。好,来吻吻我,我的聪明的孩子!……"

娜塔利娅把达里娅·米哈伊洛夫娜的手举到唇边,达里娅·米哈伊洛夫娜却吻了吻她的低下的头。

"永远要听我的话,别忘了你是拉松斯基家的姑娘,是我的女儿,"她又说,"你会幸福的。现在你走吧。"

娜塔利娅默默地走了出去。达里娅·米哈伊洛夫娜望着她的背影,想道:"她像我——也善于钟情:不过她比较会克制。"于是达里娅·米哈伊洛夫娜就沉浸在往事的回忆中……沉浸在很久以前的往事之中了……

后来她吩咐把彭果小姐叫来,两个人关起门来密谈了好久。让她走后,她又叫来潘达列夫斯基。她一定要打听出罗亭离去的真正原因……潘达列夫斯基使她完全放下心来。这方面是他的拿手本领。

*　*　*

第二天,沃伦采夫和他姐姐来吃午饭。达里娅·米哈伊洛夫娜对他一向很亲切,这一次对他更是亲热异常。娜塔利娅痛苦得难以忍受;然而沃伦采夫和她说话时是那么恭恭敬敬、那么胆怯,使她不能不由衷地感激他。

这一天平静地、相当枯燥乏味地过去了,但是分手的时候,大家都感到,又回到了常轨;这就很重要,极其重要。

是啊,大家都回到了常轨……所有的人,除了娜塔利娅。最后,只剩下她一个人的时候,她费力地勉强走到自己的床前,身心交瘁地把脸扑在枕头上。她觉得活着是这样地痛苦、可恨而又可鄙,她觉得是那样愧对自己,对自己的爱情和自己的悲伤感到那样惭愧,此时此刻,她也许真愿意一死了事……今后她还要面临许多痛苦的白昼、无眠的夜晚和令人苦恼的激动;但是她还年轻——生活对她刚刚开始,而生活是迟早会占上风的。一个人不管受到多大的打击,他在当天,至多在第二天——恕我出言粗俗——他总要吃饭,而这已经是第一件值得告慰的了……

娜塔利娅痛苦得难以忍受,她是第一次痛苦……但是第一次的痛苦,也像第一次的恋爱一样,是不会重复的——这真要感谢上帝!

12

将近两年过去了。五月最初的日子到来了。亚历山德拉·帕夫洛夫娜坐在自家的阳台上。她已经不是利平娜,而是列日涅娃了;她和米哈伊洛·米哈伊雷奇结婚一年多了。她依然是那么可爱,不过近来体态更为丰满。在有台阶通往花园的阳台前面,一个奶妈抱着一个面颊红润的婴孩来回走着。婴孩裹着白色小斗篷,帽子上有一个白绒球。亚历山德拉·帕夫洛夫娜不时打量着他。婴孩没有哭闹,他傲然地吮着自己的指头,静静地望着四周。已经可以看出,他堪称是米哈伊洛·米哈伊雷奇的好儿子。

阳台上,在亚历山德拉·帕夫洛夫娜旁边,坐着我们的老相识皮加索夫。从我们和他分手以来,他的头发白多了,背驼了,更瘦削了,说话发出咝咝的声音:他掉了一颗门牙;这咝咝的声音使他的话显得格外狠毒……他那愤世嫉俗的情绪并没有随着年龄的增加而减少,但尖刻的程度却不如以前了,而且说话比以前更爱重复。米哈伊洛·米哈伊雷奇不在家,他们在等他回来喝茶。太阳已经落山。在日落的地方,沿地平线伸展着一抹淡金色的浅黄的晚霞,在它对面有两道晚霞:低一些的呈浅蓝色,上面的呈紫红色。轻云在高空渐渐消失。一切都预示着天气仍旧会晴好。

皮加索夫忽然笑起来。

"您笑什么,阿夫里坎·谢苗内奇?"亚历山德拉·帕夫洛夫娜问道。

"是这么回事……昨天,我听见一个乡下人对他老婆说(他老婆正在唠叨个没完):'别吱咂!'我觉得这话说得妙极了。别吱扭!一点儿不错,妇道人家能说出个啥道理来。您知道,对在座的人我是向来不说的。我们的先辈要比我们聪明。在他们的神话里,美女总是坐在窗前,额上有一颗星星,她自己从不吭声。就该这样才是。要不,您自己评评理看:前天咱们的贵族长夫人好像冲着我的脑袋里打了一枪似的对我说,她不喜欢我的偏见!偏见!要是大自然有什么妙法能使她丧失运用舌头的能力,那对她本人,对所有的人,岂不更好?"

"您啊,还是老样子,阿夫里坎·谢苗内奇:老是攻击我们这些可怜的女人……您要知道,这真是一种不幸。我替您惋惜。"

"是一种不幸?您这是什么话!第一,照我看,世上只有三种不幸:冬天住冷屋子,夏天穿紧靴子,还有跟一个又哭又闹的婴孩在一个房间里过夜,而你又不能给他撒上些除虫粉让他不闹;第二,我这个人现在是脾气最好不过的了。简直堪为模范!看我现在是多么循规蹈矩!"

"您的行为好,真没得可说的!昨天叶连娜·安东诺夫娜还向我抱怨您呢。"

"是吗!她都对您说些什么,我可以知道吗?"

"她对我说,整个早上不论她问您什么,您总是回答说,'什么,太太?什么,太太?!'而且还那么尖声尖气的。"

皮加索夫笑了起来。

"亚历山德拉·帕夫洛夫娜,您该承认,这个主意不是挺好吗?……是吗?"

"妙极啦！难道可以对一个女人这样没有礼貌吗，阿夫里坎·谢苗内奇？"

"怎么？您以为叶连娜·安东诺夫娜是个女人？"

"那您以为她是个什么？"

"她是一面鼓，对不起，是一面普普通通的，可以用棒槌来擂的鼓……"

"啊,瞧您说的！"亚历山德拉·帕夫洛夫娜想改变话题，打断了他的话，"听说，可以向您祝贺，是吗？"

"祝贺什么？"

"祝贺您的官司结束了。格林诺沃牧场归您了……"

"是啊，是归我了。"皮加索夫不高兴地说。

"这么多年您一直要把它弄到手，现在反倒好像不满意似的。"

"我告诉您吧，亚历山德拉·帕夫洛夫娜，"皮加索夫慢吞吞地说，"再没有比来得太迟的幸福更坏、更可气人的了。它反正是不能使您得到满足，反而剥夺了您的最宝贵的权利——骂人和诅咒命运的权利。是啊，太太，迟来的幸福，这玩意儿是一种痛苦的、叫人生气的东西。"

亚历山德拉·帕夫洛夫娜只是耸耸肩。

"奶娘,"她开始说,"我看米沙①该睡觉了。把他抱过来。"

于是亚历山德拉·帕夫洛夫娜就忙着照顾自己的儿子,皮加索夫只好嘴里嘟囔着退到阳台的另一角落。

突然,在不远的地方,在沿着花园的大路上,米哈伊洛·米哈伊雷奇驾着他的马车出现了。跑在马前的是两条很大的守门狗:一条黄狗,一条灰狗;是他新近豢养的。它们不停地互相咬着玩,好得难舍难分。一条老狗从大门里迎着它们跑出来,张开嘴巴好像要吠叫,结果只打了一个哈欠,友好地摇着尾巴,往回走了。

"你看,萨莎,"列日涅夫老远就对妻子喊起来,"我把谁给你带来了……"

亚历山德拉·帕夫洛夫娜一下子没有认出坐在丈夫背后的是什么人。

"啊!巴西斯托夫先生!"她终于高声叫道。

"是他,就是他,"列日涅夫回答说,"他还带来了多好的消息。你等等,马上就会知道。"

---

① 米沙是亚历山德拉·帕夫洛夫娜的儿子米哈伊尔的爱称。

说着，他把车赶进了院子。

几分钟后，他和巴西斯托夫在阳台上出现了。

"乌拉！"他高呼着拥抱了妻子，"谢辽沙要结婚了！"

"跟谁？"亚历山德拉·帕夫洛夫娜激动地问。

"当然是跟娜塔利娅……就是这位朋友从莫斯科带来了这个好消息，还有给你的信……你听见了吗，米舒克①，"他一把抱过儿子，继续说，"你舅舅要结婚啦！……你这个小鬼头，什么都不关心！只会一个劲儿地眨巴眼睛！"

"他想睡觉了。"奶娘说。

"是的，太太，"巴西斯托夫走到亚历山德拉·帕夫洛夫娜跟前，说，"我是今天从莫斯科来的，达里娅·米哈伊洛夫娜派我来查查田庄的账目。这儿还有信。"

亚历山德拉·帕夫洛夫娜急忙拆开弟弟的来信。信中有寥寥几行。在第一阵迸发的喜悦中，他告诉姐姐，他向娜塔利娅求了婚，并且得到她和达里娅·米哈伊洛夫娜的同意，他答应下次写信要多写一些，并随信拥抱和亲吻所有的人。显然，他写信时高兴得有点儿飘飘然了。

---

① 米舒克也是他们的儿子米哈伊尔的爱称。

端来了茶,请巴西斯托夫坐下。问题像雨点似的向他落下来。他带来的消息使所有的人,甚至包括皮加索夫,都为之高兴。

"请告诉我,"列日涅夫顺便地说,"我们这儿风闻有一位什么科尔恰金先生。看来,这是捕风捉影吧?"

(科尔恰金是一个漂亮的年轻人——社交界的大红人,非常自高自大,不可一世:他的举止态度庄严异常,好像他不是一个活人,而是由公众集资为他竖立的一尊塑像。)

"嗯,不,也并不完全是捕风捉影,"巴西斯托夫带笑说,"达里娅·米哈伊洛夫娜非常赏识他;可是娜塔利娅·阿列克谢耶夫娜连听都不愿意听到他。"

"不过我倒是知道他的,"皮加索夫接腔说,"他是个双料的笨蛋,地地道道的笨蛋……得啦吧!要是人人都像他,那么活着还不如死了的好……"

"也许是这样,"巴西斯托夫说,"不过在社交界他也不算是无名小卒啊。"

"嗯,反正是一回事!"亚历山德拉·帕夫洛夫娜高声说,"不去管他!啊,我真替弟弟高兴!……娜塔利娅快活吗,她幸福吗?"

"是的,太太。她像平时一样平静,——您是知道她的——不过,她好像也满意。"

黄昏在愉快热闹的谈话中过去了。大家坐下来吃晚饭。

"顺便问一下,"列日涅夫一边给巴西斯托夫斟红葡萄酒,一边问道,"您知道罗亭在哪里吗?"

"现在我可说不准。去年冬天他到莫斯科逗留了一个短时期,后来就跟一家人家到辛比尔斯克去了。我和他通过一个时期的信,在最后一封信里他告诉我,他要离开辛比尔斯克——没有说到哪里去,——打那时候起我就没有听到他的音信。"

"他丢不了!"皮加索夫插话说,"一定是待在什么地方讲大道理呐。这位先生永远会找到两三个崇拜者,他们听他讲话会听得目瞪口呆,还会借钱给他。你们等着瞧吧,弄到末了他会在察列沃科克沙伊斯克或是丘赫洛马的什么地方,在一个戴假发的、老掉了牙的老处女的怀里死去,而她会认为他是世上最了不起的天才……"

"您把他挖苦得太厉害了。"巴西斯托夫怀着不满低声说。

"一点儿也不厉害!"皮加索夫反驳说,"而且十分公允。

照我看，他无非是个吃白食的马屁精而已。我忘了告诉您，"他转向列日涅夫继续说，"我认识和罗亭一块出国的那个捷尔拉霍夫。可不是！可不是！他对我讲的罗亭的事，您简直没法想象——太可笑了！值得注意的是，罗亭所有的朋友和追随者慢慢地都会变成他的敌人。"

"请把我从这些朋友里面除外！"巴西斯托夫激动地打断了他。

"哦，您嘛——又当别论！我并没有说您。"

"捷尔拉霍夫都对您讲了些什么？"亚历山德拉·帕夫洛夫娜问。

"他讲得可多啦：叫人都记不全。不过最妙的是罗亭的一件趣事。他在不断地发展（这些先生们总是在发展的；别人，比方说，只是吃饭睡觉，可他们却是边吃边睡边发展的；不是这样吗，巴西斯托夫先生？——巴西斯托夫没有理他）……就这样，罗亭不断地发展着，通过哲学方法得出结论：他应该恋爱了。他开始去物色一个和这样惊人的结论相般配的对象。幸运向他微笑了。他认识了一个法国女人，一个非常标致的时装女裁缝。请注意，事情发生在莱茵河上的一个德国城市里。他开始常去看她，带各种各样的书给她，跟她谈论大自然和黑格尔。您能想象得出这个女裁缝怎么样吗？她以为他是个天文学家。可是，你们知道，他这个人长得不错；又是个外国人，俄国人，于是她就中意了。终于，他和她约会了，而且是一个富有诗意的约会：在河上泛舟。法国女人同意了：打扮了一番，和他到小船上去。他们在船上度过了大约两个钟头。你们想，他在这段时间里一直在干些什么？他一直抚摩着那个法国女人的头，沉思地仰望长空，一再重复说，他对她的感情是慈父般的爱。法国女人回到家里都快气疯了，后来亲口把这件事一五一十地告诉了捷尔拉霍夫。他这位先生可真妙！"

皮加索夫说着就大笑起来。

"您这个老家伙真没羞！"亚历山德拉·帕夫洛夫娜愠怒地说，"这使我越来越是相信，就连那些骂罗亭的人，也说不出他有什么不好。"

"说不出他有什么不好？得啦吧！那他总是靠别人养活，向别人借钱又算什么呢……米哈伊洛·米哈伊雷奇！他一定也借过您的钱吧？"

"请听我说，阿夫里坎·谢苗内奇！"列日涅夫说，脸上露出严肃的表情,"您听我说:您知道,我的妻子也知道,近年来我对罗亭没有特别的好感,甚至还常常批评他。尽管如此(列日涅夫给每人的杯子里斟上香槟酒),我现在向你们提议:刚才我们为我们亲爱的兄弟和他的未婚妻的健康干了杯;现在我要提议为德米特里·罗亭的健康干杯!"

亚历山德拉·帕夫洛夫娜和皮加索夫愕然望了望列日涅夫,巴西斯托夫却高兴得浑身抖动了一下,涨红了脸,睁大了眼睛。

"我很了解他,"列日涅夫接着说,"他的缺点我也很清楚。正因为他本人不是一个卑鄙的小人,所以他的缺点都暴露在外面。"

"罗亭——是天才的性格!"巴西斯托夫接腔说。

"天才嘛,他大概是有的,"列日涅夫说,"至于性格……他全部的不幸正在这里,老实说,他根本没有性格……但是问题不在这里。我要说的是,他身上有着好的、罕有的品质。他有热情;而这,请相信我这个冷漠的人的话,这是我们时代最可贵的品质。我们大家都变得谨小慎微,麻木不仁,萎靡不振了;我们在睡大觉,我们冻僵了,有人哪怕只有一瞬间弄醒我们,给我们温暖,我们都要感谢他!是时候了!你还记得,萨莎,有一次我跟你谈起他,责备他,说他冷。那时候我的话说得又对又不对。这个冷,是在他的血液里——这不能怪他,——而不是在他的头脑里。他不会演戏,像我以前说的那样,他不是个骗子,也不是个滑头;他靠别人养活,但并不是老奸巨猾,而是像一个小孩……是的,他的确会在什么地方穷困地死去;难道我们因此就可以对他横加指责吗?他自己所以会一事无成,正因为他没有坚强的性格,没有热血;但是谁有权利说他不会给人带来,而且没有给人带来过有益的东西呢?谁有权利说他的话没有在青年人的心灵里播下许多良好的种子?对这些年轻人,大自然像对罗亭那样,也赋予他们活动的力量和实现自己的计划的能耐。拿我自己来说,我首先就亲身体验过这一切……萨莎知道,在我的青年时代罗亭在我的心目中占有过什么地位。我记得我还断言过,罗亭的话不可能对人们产生影响;但那时我指的是像我,像我现在这个年纪的人,尝过生活的酸甜苦辣的人。只要说的话里有一个音符不对——我们听起来就会觉得它的整个和声都消失了;可是对于青年人,幸好他们的听觉还没有那样发达，还不是那么爱挑剔。如果他觉得他所听到的东西的本质是美好的，他才不去管它什么音调呢！他在自己心里会找到合适的音调的。"

"好极啦！好极啦！"巴西斯托夫高叫道，"说得真公允！至于说到罗亭的影响，我可以向你们发誓，这个人不但善于使你震动，他还会推动你，不让你停顿，他还会使你彻底改变，让你燃烧起来！"

"您听见吗？"列日涅夫对着皮加索夫，继续说下去，"您还需要什么证明呢？您攻击哲学；一谈起哲学，您就觉得挖苦蔑视的字眼还不够用。我自己并不太喜欢哲学，对它也不太懂；但是我们主要的不幸并非由于哲学！俄国人跟哲学的复杂奥妙和胡思乱想向来是沾不上边的：他们的想法太实际，搞不来那一套。然而，假借攻击哲学的名义来攻击一切对于真理和理性的真诚的追求，是决不容许的。罗亭的不幸在于他不了解俄国，这的确是极大的不幸。俄国可以没有我们中间任何一个人，可是我们中间却没有一个人可以没有俄国。抱有这种想法的人，是不幸的；而真正不要俄国的人，更是加倍地不幸！世界主义——是胡扯，世界主义者——是零，比零还不如；丧失民族性就没有艺术，没有真实，没有生活，什么都没有。没有自己的特征甚至谈不上有完美的面貌；只有平庸鄙俗的人才可以没有特征。不过我还是要说，这不能怪罗亭：这是他的命运，令人辛酸而痛苦的命运；我们不能因为他有这样的命运来责怪他。如果我们要分析为什么我们中间会出现罗亭这样的人物，那我们就扯得太远了。然而为了他所具有的优点，我们还是要感谢他的。这要比对他不公平要容易些，而我们过去一向对他是不公平的。惩罚他，不是我们的事，而且也不需要：他对自己已经惩罚得够凶的了，远远超过他所应受的……愿上帝让他在饱经忧患之后把身上不好的东西一扫而尽，只留下美好的！我为罗亭的健康干杯！为我最美好岁月的同学的健康干杯，为青春，为青春的希望，为它的憧憬，为它的轻信和老实，为二十岁时我们的心为之跳动，为我们在生活中始终没有尝到过和也不会尝到的更为美好的一切，干杯……为你，黄金时代，干杯，为罗亭的健康干杯！"

大家都和列日涅夫碰杯。巴西斯托夫过于兴奋，差点儿把酒杯碰碎，一口把酒喝干。亚历山德拉·帕夫洛夫娜却紧握了列日涅夫的手。

"米哈伊洛·米哈伊雷奇,我根本没有料到您有这么好的口才,"皮加索夫说,"简直可以和罗亭先生本人媲美;连我都深深感动了。"

"我的口才一点儿不好,"列日涅夫不无愠意地说,"不过我想,要使您感动可不容易呀。可是,谈罗亭已经谈得够了,让我们来谈些什么别的……那个……他叫什么来着?……潘达列夫斯基还住在达里娅·米哈伊洛夫娜家里吗?"他转向巴西斯托夫,又说。

"那还用说,还住在她那里!她给他谋了一个很肥的美差。"

列日涅夫冷笑了一声。

"这样的人是不会穷死的,这我敢担保。"

晚餐结束了。客人们散了。只剩下亚历山德拉·帕夫洛夫娜和丈夫在一起的时候,她含笑望了望他的脸。

"你今天真好,米沙!"她抚摩着他的额头,轻声说,"你说得多么聪明,多么有气派!不过你要承认,你夸奖罗亭有些太起劲,就像你从前起劲地反对他一样。"

"对人总不能落井下石呀……从前我是担心你被他迷上。"

"不会的,"亚历山德拉·帕夫洛夫娜天真地说,"我一向认为他太有学问了,我怕他,在他面前我都不知道说什么好。可是皮加索夫今天把他损得够恶毒的了,不是吗?"

"皮加索夫吗?"列日涅夫说,"正是因为皮加索夫在这儿,我才那么热烈地为罗亭打抱不平的呢。他竟敢叫罗亭是不要脸的马屁精!照我看,他皮加索夫扮的角色,更坏一百倍。他有钱,不必仰人鼻息,他嘲弄一切,可是碰到达官贵人,就一味地巴结奉承!你可知道,就是这个无论对什么人什么事都要恶毒谩骂、攻击哲学、攻击妇女的皮加索夫,——你可知道,在他做官的时候居然受贿,就别提有多丢人啦!啊!一点儿没错!"

"是吗?"亚历山德拉·帕夫洛夫娜高声说,"这我可怎么也没有料到!……你听我说,米沙,"她沉吟了一会儿,又说,"我要问你……"

"问什么?"

"你想,我弟弟跟娜塔利娅在一起会幸福吗?"

"叫我怎么说呢……大概是会幸福的……他会听她的——在我们之间这也不必讳言——她比他聪明;但他这

个人非常好,他打心眼里爱她。此外还要什么呢?你看,咱俩不是相亲相爱,而且很幸福吗?"

亚历山德拉·帕夫洛夫娜微笑了,紧握了一下米哈伊洛·米哈伊雷奇的手。

*　*　*

就在我们上面讲述的那些事情在亚历山德拉·帕夫洛夫娜家里发生的同一天,——在俄国一个边远的省份里,在骄阳似火的酷热中,一辆由三匹耕马拉的、敝旧的带篷马车在大路上慢腾腾地走着。驭者座上高高地坐着一个破衣烂衫的花白头发的农民,他两脚斜撑在拴套轴上,不时抖动着缰绳,挥动着马鞭;马车里的一只扁瘪的箱子上,坐着一个身材高大的人,他戴着制帽,穿的旧风衣上满是尘土,这就是罗亭。他低头坐着,帽舌扣到眼睛上。车子的颠簸使他左右摇晃,他似乎毫无感觉,好像在打盹。最后,他挺了挺身子。

"我们要到几时才能到驿站啊?"他问坐在驭者座上的农民。

"你瞧,老爷,"农民更用劲地拉着缰绳说,"上了坡,大约只有两俄里了，不会多……啊，你这个畜生啊！在想心事……我叫你想。"他用尖细的嗓音又说了一句，就用鞭子抽打拉右边套的马。

"你赶车的本领好像很不行，"罗亭说，"我们慢慢吞吞地走，尽管一大早就出来，可怎么也走不到。你还是唱点儿什么吧。"

"叫我有啥办法，老爷！您自己也看得出，马都累得不行了……天又热。咱们可不会唱：咱们不是驿站上的车夫……小羊羔，喂，小羊羔！"农民突然朝着一个穿褐色长袍和破树皮鞋的过路人高声叫道，"闪开，小羊羔。"

"你这个赶车的……也真是！"过路人在他后面嘟囔着，站了下来。"好一副莫斯科人的架势！"他用满含谴责的声音又说了一句，摇摇头，一瘸一拐地走开了。

"你往哪儿走！"农民拉着辕马，从容不迫地说，"唉，你这个调皮鬼！真是个调皮鬼！……"

筋疲力竭的马儿好不容易总算挨到了驿站。罗亭从马车里出来，付了车钱（农民没有给他鞠躬，把钱在手心里掂了又掂——可见嫌酒钱给少了），自己提着箱子走进驿站。

我有一个熟人一生中走遍了俄国各地。他说过，如果驿站墙上挂的是画着《高加索俘虏》①中的场面的画或是俄国将军们的肖像,你很快就能弄到马匹,如果画上画的是著名赌徒乔治·德·热尔曼尼②的一生,那么旅行者就别指望很快地离开了:他大可以从容地去欣赏那高耸的鬈曲的额发、敞开的白背心以及那赌徒年轻时穿的紧身短裤,欣赏他成为老翁时,在一座斜屋顶的农舍里抡起椅子要把儿子打死时满脸狂怒的表情。罗亭走进去的那间屋子里,墙上挂的恰恰就是描绘着《三十年,或一个赌徒的一生》的那些版画。他喊了一声,驿站长应声出来了,脸上一副还没有睡醒的样子(附带说一句,可曾有人见过脸上不带睡容的驿站长么?),他甚至不等罗亭开口,就用少气无力的声音宣称:没有马。

"我要往哪儿去您都不知道,"罗亭说,"您怎么开口就说没有马呢?我是雇老百姓的马来的。"

"随便去哪儿都没有马。"驿站长回答说,"您去哪儿?"

---

① 普希金的长诗。
② 赌徒乔治·德·热尔曼尼是法国剧作家久康沙和迪诺的闹剧《三十年,或一个赌徒的一生》中的主人公。取材于该剧的民间版画在十九世纪三十年代颇为流行。

"去××斯克。"

"没有马。"驿站长重复了一句,就走出去了。

罗亭愠怒地走到窗前,把帽子往桌上一扔。他的模样变化不大,但是近两年来他的脸色有些发黄;鬈发里已经开始闪着银丝,眼睛仍旧很美,目光似乎有些黯淡;嘴角、面颊上和两鬓都现出了细碎的皱纹——痛苦和忧思的印痕。

他身上的衣服已经破旧,也看不到里面的衬衣。他的似锦年华显然已经消逝;他,正如园丁所说,已经该结子了。

他开始读墙上的题词……这是人们所熟知的、旅客在百无聊赖之中的消遣……忽然门吱的一响,驿站长走了进来……

"去××斯克的马没有,再等下去也不会有,"他说,"但是回××沃夫的倒有。"

"回××沃夫?"罗亭低声说,"得啦吧!我根本不顺路。我要去平查,可××沃夫好像是在去唐波夫的那个方向。"

"那有什么?您到了唐波夫可以再去,否则从××沃夫可以想办法再拐过去。"

罗亭想了一想。

"嗯,也好,"他最后说,"您关照套车吧。我反正无所谓:

我就去唐波夫。"

马很快就套好了。罗亭提着自己的小箱子,爬上车子坐下,像原先一样垂着头。在他那低头弓背的身形里有一种无告的、无可奈何的忧伤的神态……三匹马不紧不慢地小跑起来,小铃铛若断若续地响着。

尾声

又是几年过去了。

是秋天一个寒冷的日子。在省城 C① 城一家头等旅馆的阶前驶来一辆旅行马车；一位老爷微微伸着懒腰，微微发出呼哧的声音，从车子里出来，这位老爷年纪还不大，但是已经发福到了习惯尊称为可敬的程度。他走上二层楼，在宽敞的走廊口上站住，他看见面前没有人，就大声说他要开一个房间。什么地方的门砰的一响，从一架矮屏风后面跑出一个高个子的侍者，他侧着身子急忙走上前来，发亮的背部和卷起的衣袖在半明半暗的走廊里晃动着。来客走进房间，马上脱掉大衣，取下围巾，在沙发上坐下，两

① 见第 12 页注①。

个拳头支在膝上,好像半睡不醒似的先打量了一下四周,然后吩咐把他的仆人唤来。侍者麻利地一个转身,就不见了。这位旅客不是别人,正是列日涅夫。为了招募新兵的事,把他从乡间叫到 C 城。

列日涅夫的仆人走了进来,这是一个头发鬈曲、面色红润的小伙子,穿一件灰色大衣,腰里束一条浅蓝的宽腰带,脚上穿着软毡靴。

"你看,伙伴,我们总算到了,"列日涅夫说,"可你老是担心,生怕车轮上的铁箍会掉下来。"

"是到了!"仆人说,竭力要从掀起的大衣领子里露出笑容,"不知那铁箍怎么会没有掉下来……"

"这儿有人吗?"走廊里有人喊道。

列日涅夫听了一愣,侧耳听起来。

"喂,有人吗?"那人又喊了一声。

列日涅夫站起身来,走到门口,很快地把门打开。

他面前站着一个高大、弯背、头发几乎全白的人,那人身穿一件钉着铜钮扣的、旧的棉绒常礼服。列日涅夫立刻认出了他。

"罗亭!"他激动地喊道。

罗亭转过身来。列日涅夫背亮站着，他看不清列日涅夫的面貌，只是呆呆地望着他。

"您不认得我啦？"列日涅夫开始说。

"米哈伊洛·米哈伊雷奇！"罗亭高声说，伸出了手。但是又感到不好意思，想把手缩回去。

列日涅夫连忙用双手抓住他的手。

"进来，到我这儿来！"他对罗亭说，把他带进自己的房间。

"您可大变样了！"列日涅夫沉默了一会儿，不由得压低声音说。

"是啊，人们都这么说！"罗亭说，目光朝室内扫视着，"年纪不饶人……可是您倒挺好。亚历山德拉……尊夫人，好吗？"

"谢谢您，很好。是哪阵风把您吹来的？"

"我么？真是一言难尽。说实在的，我是偶然到这里来的。我来找一个熟人。不过我很高兴……"

"您在哪儿吃午饭？"

"我？我不知道。随便上哪个小饭铺吃一顿。我今天一定要离开这里。"

"一定要?"

罗亭意味深长地笑笑。

"是啊,一定要。他们要遣送我回乡定居。"

"跟我一块儿吃午饭吧。"

罗亭第一次正面望了望列日涅夫的眼睛。

"您是要我跟您一起吃午饭?"他说。

"是的,罗亭,跟从前一样,像老朋友那样。行吗?我没有想到会遇到您,天晓得我们何年何月再会见面。我们总不能就这样分手吧!"

"好吧,我同意。"

列日涅夫紧握了罗亭的手,喊来他的仆人,点了午餐,还要了一瓶冰镇香槟酒。

* * *

吃午饭的时候,列日涅夫和罗亭好像有约在先似的,只谈他们的大学生时代,回忆许多往事和许多故人——死去的和活着的。起先,罗亭不太愿意开口,但是喝下几杯酒之后,他变得兴奋起来。最后侍者撤走了最后一道菜。列日涅夫站起来,关上门,回到餐桌旁,正对着罗亭坐下,静静地用双手支着下巴。

"好吧,现在,"他说,"您把我们分别之后您的全部经历都讲给我听听。"

罗亭望了列日涅夫一眼。

"我的天!"列日涅夫又一次想道,"他变得多么厉害啊,真可怜!"

罗亭的面貌改变得并不多,尤其是从我们在驿站见到他以来,尽管他脸上已经烙上老之将至的痕迹;但是他脸上的表情却改变了。他的眼神迥然不同了;在他的全身,在他那时而迟缓、时而急遽的动作里,在他那冷漠的、似乎少气无力的言谈中,无不流露出一种极度的疲倦,一种隐秘的静静的哀愁,这绝不同于他以前常常故意炫耀的那种半是假装出来的忧郁——充满希望、自信和自尊的青年人,一般都要炫耀的那种忧郁。

"把我的经历都讲给您听?"他说,"全部都讲既不可能也没有必要……我是历尽艰辛,不仅是肉体上到处流浪,精神上也彷徨失所。没有哪一件事,没有哪一个人,不使我失望。我的上帝!有什么样的人我没有接近过!是啊,形形色色的人!"罗亭注意到列日涅夫怀着一种特殊的同情直望着他,他又这样重复说。"有多少次我觉得我自己说的话是可憎的——不仅是从我嘴里说出来,连同意我的看法的人说出来的话也是如此!有多少次我从孩子般的容易激动变得像一匹老马那样麻木不仁,任凭鞭子抽打,连尾巴也不动一动……有多少次我的喜悦和希望都化为泡影,我徒然与人为敌,或者低三下四!有多少次我像雄鹰般展翅高飞——到头来却像一只外壳破碎的蜗牛爬回来!……有什么地方我的足迹没有到过,有什么样的道路我没有走过!……而路往往是泥泞的。"罗亭补充了一句,稍稍转过身去。"您知道……"他继续说……

"您听我说,"列日涅夫打断了他,"以前我们曾彼此称'你'……你愿意吗?让我们来恢复原来的称呼吧……让我们来为你干杯!"

罗亭精神一振,欠起身子,他的眼睛里闪出了一种非言语所能表达的神情。

"干杯,"他说,"谢谢你,兄弟,我们来干杯。"

列日涅夫和罗亭干了一杯。

"你要知道,"罗亭微笑着又开始说,把"你"字说得特别重,"我心里有一条虫,它一直在咬我,折磨我,始终不让我安宁。它让我碰到一些人——他们起初倒是受我的影响，可是到后来……"

罗亭朝空中挥了挥手。

"自从我和您……和你分别以来，我有过多少经历，饱尝了多少辛酸……我重新开始生活，不知有多少次重头做起——可是，到头来，你看！"

"你没有毅力。"列日涅夫好像自言自语地说。

"正像你说的，我没有毅力！……我永远不会建设起什么；可是，兄弟，当你脚底下连地基都没有，先要给自己打基础的时候，要建设又谈何容易啊！我的全部遭遇，其实是我的全部失败，我就不来向你一一描述了。我只对你讲两三件事情……在我一生中成功似乎已经在向我微笑的那几件事，或者不，是我开始指望可以成功的时候——这并不完全是一码事……"

罗亭用手把他那已经稀疏的花白头发向后一掠，正像他从前把他的浓密的、鬈曲的黑发向后掠去的姿势一样。

"好，你听我说吧，"他开始说，"我在莫斯科遇上一个为人相当古怪的先生。他非常有钱，拥有大片田地；他没有去做官。他主要的、惟一的爱好就是爱科学，爱一般的科学。至今我都弄不明白,他怎么会有这样的爱好!这种爱好跟他是风马牛不相及的。他自己拼命要装出一副聪明绝顶的样子,其实几乎连话都不会说,只是表情十足地转动着眼珠,煞有介事地摇头晃脑。我,兄弟,从来没有遇到过像他这么天生低能、这么笨的人……在斯摩棱斯克省有这样一些地方——除了砂土,一无所有,难得还有些连牲口都不要吃的草。什么事情只要一经他的手总做不成——一切都从他手里溜走了;他还特别喜欢把明明是很容易的事弄得很复杂。如果照他的指示来办,他的仆人就要不是用手,而是用脚来吃饭了,真是这样。他孜孜不倦地干呀,写呀,读呀。他以一种顽强的锲而不舍的精神,以惊人的耐心致力于科学;他的自尊心极强,他有钢铁般的意志。他独自一个人生活,是个出名的怪物。我认识了他……嗯,他也喜欢我。我呢,老实说,很快就看透了他的为人,但是他那股勤奋的劲头感动了我。再说,他有那么多的资财,借助他的力量可以做出许多好事,为公众谋福利……我住到他家去,最后还和他一起到他的田庄去。兄弟,我的那些计划是庞大的:我梦想着各种各样的改进、革新……"

"就像在拉松斯卡娅家里那样,你记得吗?"列日涅夫带着善意的微笑说。

"哪里!在她家里,我心里明白,我的话丝毫不起作用;而在这里……在这里在我面前展开的却是完全另外一个天地……我带去许多农业方面的书籍……虽然,我连一本也没有读完……好吧,我就着手干起来。起初,果然不出我所料,事情进行得并不怎么样,不过后来似乎也有些进展。我的新朋友一直不发表意见,不时过来看看,不来干预我,就是说,在某种程度上不来干预我。他采纳我的意见,把它们付诸实施,但总是很固执,不爽快,心里暗暗对我不信任,一切都要照他自己的主张办。他过分重视自己的每一个想法。他好不容易想出一个主意,就像瓢虫好不容易拼命爬上一片草叶的顶端,在上面待着、待着,一直像要振翅起飞——一不小心突然摔了下来,再来往上爬……你不要觉得这些比喻有什么奇怪。这些比喻当时就在我心里翻腾了。我就这样熬了两年。事情进展得不妙,尽管我煞费苦心。我开始疲倦了,我讨厌我的朋友,我开始挖苦他,他像羽绒被那样使我感到窒息;他的不信任变成了默默的忿怒,我们两人彼此满怀着敌意,无论什么事一谈就崩。

他暗暗地,然而不断地竭力向我证明,他是不会屈从于我的影响的;我作出的决定不是被他歪曲,就是干脆被作废……我终于明白,我只是在地主老爷府上充当一名陪他锻炼智力的清客。我痛苦地感到我是徒然浪费了时间和精力;我痛苦地感到我的希望一次又一次地落了空。我非常明白,如果我离开,我失去的是什么;但是我无法克制自己,有一天,我目睹了一场令人痛苦而又可气的丑事,使我看到我朋友的实在丑恶不堪的一面之后,我和他吵翻了,走了,甩掉了这位用草原上的面粉和着德国糖浆捏成的迂夫子老爷……"

"那就是,你丢掉了你糊口的面包。"列日涅夫说,把双手放在罗亭的肩上。

"是啊,在无边的大地上,我感到又是精赤条条的一身轻了。飞吧,爱往哪儿就往哪儿飞……来,我们来干杯!"

"为你的健康!"列日涅夫说,他抬起身来吻了吻罗亭的额头,"为你的健康,也为了纪念波科尔斯基……他也是安于清贫的。"

"这就是我的第一号奇异经历,"过了片刻,罗亭开始说,"还接着讲吗?"

"请接着讲吧。"

"嗳!我都不愿意说了。我说累了,兄弟……可是,讲就讲吧。我又到处瞎闯了一阵……附带说一句,我本来可以讲一讲,我怎样会当上一位善良的大官的秘书和结果如何,可是这一来就扯得太远了……我到处瞎闯了一阵之后,我终于下决心要做一个……请不要见笑……事业家,做一个脚踏实地的人。结果就发生了这样一件事情:我结识了一个……你也许听说过他……一个叫库尔别耶夫的……没听说过?"

"没有,没听说过。不过,不管它,罗亭,像你这么个聪明人,居然没有琢磨出来,你的事业并不是做个……恕我用个双关语①……事业家呢?"

"我知道,兄弟,我的事业不是这个;可是,我的事业又是什么呢?……不过,要是你见过库尔别耶夫就好了!请不要以为他是个无聊的、净说空话的人。人们都说,我曾经是能说会道的。可是跟他一比我简直就算不了什么。这个人学问高深,知识渊博,有独创性的见解,兄弟,他

---

① 俄语中"事业"(дело)一词可作"问题"解,这句"你的事业并不是做个……"也可作"你的问题并不是做个……"解。

在工商企业方面特别在行。他满脑子都是最大胆、最出人意料的计划。我和他联合起来,决定运用我们的力量做一件对公众有益的事⋯⋯"

"是什么事,可以知道吗?"

罗亭垂下了眼睛。

"你会见笑的。"

"为什么呢?不,我不笑。"

"我们决定疏浚K省的一条河流,使它可以通航。"罗亭不好意思地微笑着说。

"原来这样!这么说,这位库尔别耶夫是个资本家喽?"

"他比我还穷。"罗亭说,悄悄地低下他的头发灰白的头。

列日涅夫哈哈大笑起来,但是突然止住,握着罗亭的手。

"请原谅我,兄弟,"他说,"这我怎么也没有料到。唔,怎么样,你们的事业结果只是纸上谈兵?"

"并不完全是。施工是开始了。我们雇了工人⋯⋯嗯,就干了起来。但是马上就遇到重重阻挠。首先是磨坊老板们不肯理解我们的用意,此外,没有机器我们就治不了水,而我们的钱又不够买机器。我们在窑洞里住了六个月。库尔别耶夫只靠面包塞饱肚皮,我也总是半饥半饱。不过,我对这件事并不后悔:那边的大自然美极了。我们苦苦奋斗,设法去说服商人们,写信,发通告。弄到末了,我把最后一文钱都花在这个计划上。"

"哦!"列日涅夫说,"我想,要你把最后一文钱花光并不难。"

"的确不难。"

罗亭望着窗外。

"说实在的,其实计划并不坏,会带来很大的益处。"

"这个库尔别耶夫到哪里去了?"列日涅夫问。

"他?他现在在西伯利亚,挖金子去了。你看吧,他会发财;他会有出息的。"

"这可能;可是我保证你再也发不了财。"

"我?有什么办法!不过我知道,在你眼里我永远是个废物。"

"你?得啦,兄弟!……的确,有一个时期,我眼睛里只看到你的消极面;可是现在,你要相信我,我已经学会重视你了。你是发不了财的……而我所以爱你,就是为了这个……真的!"

罗亭淡淡地一笑。

"真的?"

"我是为了这一点才尊重你的!"列日涅夫重复说,"你懂得我的意思吗?"

两人都沉默了一会儿。

"怎么,要转到第三件吗?"罗亭问。

"劳驾请说吧。"

"好吧。第三件也是最后一件。我刚摆脱了这件事。我不使你厌烦吗?"

"说吧,说吧。"

"你看,"罗亭开始说,"有一次我闲着没事干的时候……我空闲的时候总是很多的……我想:我有相当的知识,有良好的愿望……听我说,你总不至于否认我的愿望是良好的吧?"

"那还用说!"

"我想,在其他各个方面我或多或少是失败的……那我何不做一个教育家,或是说得简单些,做个教书的……也比这样白活着强……"

罗亭停住了,叹了口气。

"与其白活着,不如想办法把我的知识传授给别人:也许，他们能从我的知识中汲取到哪怕是一点点好处。我的能力并不差，我总算有些口才……于是，我就下决心献身于这个新的事业。要弄到一个位置很费劲；我不愿意教私人；在小学里，我又无事可干。最后，我总算在此地的一所中学里找到一个教员的位置。"

"教什么？"列日涅夫问。

"教俄国语文。我对你说吧，我无论干什么事都没有像干这件事这样热心过。一想到能对青年人发生影响，我就感到鼓舞。我花三个星期的工夫写了第一篇讲义。"

"讲义还在么？"列日涅夫插话说。

"没有啦：不知丢到哪儿去啦。讲得不错，大家都爱听。现在我好像还看到我的听众的脸——一张张善良的、年轻的脸，带着真诚的注意、同情、甚至惊叹的表情。我走上讲坛，情绪激昂地宣读了讲义；我本来以为够讲一个多小时，哪知道二十分钟就念完了。副校长（这是一位戴银丝眼镜、头戴短假发的干瘦的老头）也坐在那里听，他有时把头歪向我这边。当我讲完了，猛地从椅子上站起来的时候，他对我说：'很好，先生，只是未免高深了些，不太容易懂，关于本题说得少了些。'但是学生们都满怀敬意目送着我……真的。这就是青年人的可贵之处!第二讲我也写好讲稿,第三讲也是如此……到后来我就即兴讲起来了。"

"成功么?"列日涅夫问。

"非常成功。听讲的来得很多。我倾我心里所知道的一切都传授给他们。他们中间有三四个孩子的确很出色;其余的对我讲的就不太听得懂。不过应该承认,即使那些听懂了的,有时也会提出一些问题把我难住。然而我并不气馁。要说爱,他们倒是都爱我的。小考的时候我给他们都打了满分。但是马上就开始了反对我的阴谋……也许不是!并没有什么阴谋,只怪我来错了地方。我碍了别人的事,别人就来排挤我。我给中学生讲的东西,连在大学里也不常听得到;他们听我的课收获不大……我讲的有些事实,连我自己也不太清楚。而且,我也不满足于他们给我规定的活动范围……这,你知道,是我的弱点。我要求根本的改革,而且,我向你起誓,这些改革是既切合实际又简单可行的。我指望借助校长的力量来实行这些改革。校长是一个善良正直的人,起初我对他起过影响。他的妻子也帮我的忙。兄弟,像这样的女性我这一辈子还不多见。她已经快四十岁了,但仍然像一个十五岁的少女那样,相信善，爱一切美好的事物，不怕在任何人面前说出自己的信念。我永远不会忘记她的高尚的热情和纯洁。听从她的建议，我拟了一个计划……但是，这时候就有人对我造谣中伤，在她面前说我的坏话。打击我特别厉害的是数学教员，一个尖刻的、爱发脾气的小人，像皮加索夫，什么都不相信，不过比他能干得多……顺便问一下，皮加索夫怎么样，还活着吗？"

"活着，而且，你信不信，他竟然娶了个小市民做老婆，听说，她常揍他。"

"活该！嗯，娜塔利娅·阿列克谢耶夫娜好吗？"

"好。"

"幸福吗？"

"幸福。"

罗亭沉默了一会儿。

"我刚才说到哪儿啦……哦，是的！讲那个数学教员。他恨透了我，把我讲课比做放烟火，对我的每一句不十分清楚的话抓住不放，有一次还为了十六世纪的一个什么口头流传的作品弄得我下不了台……而主要的是，他怀疑我居心不良，结果，我最后的肥皂泡碰上他就像碰在大头针上一样,爆破了。副校长一开始就跟我不对,这时挑拨校长来反对我;结果是争吵起来,我不肯让步,大发脾气,事情闹到被上级知道;我被迫辞职。我不肯就此罢休,我要给他们点儿颜色看看,让他们知道这样对待我是不行的……但是,他们却可以随心所欲地对待我……现在我一定要离开此地了。"

一阵沉寂。两个朋友都垂着头坐着。

后来,罗亭先开口了。

"是啊,兄弟,"他开始说,"我现在可以引用柯里佐夫的诗来写照:'啊,我的青春,你害我颠沛流离,漂泊失所,进退维谷……'[①]可是,难道我真是百无一用,难道世界上竟没有我可以做的事情么?我常向自己提出这个问题,尽管我拼命在自己眼里贬低自己,可我总不能不感到我身上有着并非人人都有的才能!究竟是为什么我的才能总不能结出果实呢?再说,你该记得,我和你在国外的时候,我自负而虚伪……的确,那时候我没有清楚地意识到我要的是什么,我醉心于夸夸其谈,相信主观幻想的东西;但是,

---

① 柯里佐夫(1809—1842),俄国诗人。引诗出自他的诗《歧途》。

如今我可以向你发誓,我可以当众大声说出我所希望的一切。我绝没有什么可隐瞒的:我完完全全地、实实在在地是一个安分守己的人,我变得俯首帖耳了,我愿意随遇而安,我没有奢望,我只求达到最近的目的,只求哪怕做出一点儿微不足道的、对人们有益的事。可是不!不行!这是什么意思?究竟是什么妨碍我,不让我像别人一样地生活和行动呢?……我现在梦寐以求的也只有这一点啊。我刚得到一个固定的位置,刚有个落脚点,命运马上就跑来把我推开……我都开始怕它了——怕我的命运……这一切都是为了什么?给我解答这个谜吧!"

"谜!"列日涅夫重复说,"是啊,这倒不假。在我眼睛里,你也永远是一个谜。甚至在你的青年时代,在你做出一件什么小小的乖常的举动之后,你往往会突然说出一番令人心灵为之颤抖的话来,接着你又开始了……嗯,你懂得我的意思……甚至那时候我都不了解你:就是为了这个我才不喜欢你的……你有那么多的才能,对理想的追求又是那么执著……"

"空话,全是空话!没有行动!"罗亭打断他的话。

"没有行动!那你要什么样的行动……"

"什么样的行动?靠自己的劳动来养活一个瞎眼老婆子和她全家,你记得吗,像普里亚任采夫那样……这就是行动。"

"是啊;但是说一句好的话——这也算行动啊。"

罗亭默默地看了看列日涅夫,微微地摇了摇头。

列日涅夫还想说什么,用手抹了抹脸。

"这么说,你是要回乡下去?"他终于问。

"回乡下去。"

"难道你还剩下一个村子?"

"还剩下一点儿。两个半农奴。总算死有葬身之地了。也许,此刻你正在想:'到了这步田地,他不说漂亮话还不行。'漂亮话,一点儿不错,它毁了我,它害得我好苦,我始终摆脱不掉它。不过我刚才说的可不是漂亮话。兄弟,这些白发,这些皱纹,可不是漂亮话;这破破烂烂的衣肘——也不是漂亮话。你一向对我很严厉,你是公正的;但现在却不是严厉的时候了,因为现在一切都完了,灯尽油干了,灯破了,灯芯眼看就要灭了……死,兄弟,会使一切彻底和解……"

列日涅夫跳了起来。

"罗亭!"他叫起来,"你为什么对我说这种话?这真是冤枉!如果看到你的凹陷的面颊和满脸的皱纹,我脑子里还会想起'漂亮话'这个字眼,那我还算什么能判别是非,我还算是人么?你要知道我对你是怎么想的吗?好吧,我想:有这么一个人……凭他的能力,在现在,有什么东西他不能获得,世上的好处他有什么不能拥有,只要他愿意!……可是我遇到的他却在忍饥受饿,流离失所……"

"我唤起了你的怜悯。"罗亭喑哑地说。

"不,你错了,你唤起我的敬意——正是这样。有谁不让你在你的那个地主朋友家里一年又一年地待下去?我深信,只要你肯巴结他,他一定会让你牢牢保住你的地位。为什么你在那所中学里待不下去,为什么你——这个怪人!——不管抱着什么主张开始干一番事业,到头来每次必然是牺牲自己个人的利益,总不肯在和自己格格不入的土壤里扎根,不管那土壤是多么肥沃?"

"我生来就是随风飘①啊,"罗亭带着凄凉的苦笑继续说,"我不能停下来。"

---

① 一些草本植物的总称。果实成熟时,其茎容易折断,被风一吹,就像球似的滚得很远。

"这倒也是真的;不过,你所以不能停下来,并不是因为你心里有一条虫,像你开始的时候对我说的那样……在你心里的不是虫,不是一个无事忙的灵魂:这是一团热爱真理的火在你心里燃烧,而且,很明显,尽管你一生坎坷,这团火在你心中却燃烧得很炽烈,比许多甚至自命为并不自私、还把你称为阴谋者的人们心中的火烧得更旺。换了我,我首先一定早就逼着这条虫缄默,对一切都逆来顺受;而你受了这些,居然连怨恨都没有增多。我相信,就在今天,就在此刻,你一定会像一个青年人那样,准备重新着手去干新的工作。"

"不,兄弟,现在我累了,"罗亭说,"我已经干够了。"

"你累了!换了别人,早就死了。你说,死会使一切和解,那你以为,活着就不能使一切和解么?自己过过好日子,而不会宽容别人的人,他自己就不配得到宽容。可是有谁能说,他不需要宽容呢?你已经尽力而为,一直坚持奋斗……还要求你怎么样呢?我们走的道路不同……"

"兄弟,你这个人跟我完全不同哪。"罗亭叹息着打断了他的话。

"我们走的道路不同,"列日涅夫继续说,"也许,正因为我有财产,因为我的冷漠以及其他种种幸运的条件,才没有什么东西来妨碍我老待在家里,始终做一个袖手旁观的人;而你呢,却必须出去走南闯北,挽起袖子,吃苦受累,工作。我们走的道路不同……可是,你看,现在我们彼此是多么接近。咱俩说的几乎是同样的语言,只要半点儿暗示就能心领神会。我们是在同样的感情中成长起来的。我们这一辈人剩下的已经寥寥无几,兄弟,你我是硕果仅存的了。往昔,在我们面前来日方长的时候,我们可以意见分歧,甚至形同水火,但是到如今,我们周围的人日益稀少,新的一代正在超越过我们,奔的目标跟我们不同,我们就应该紧紧地彼此靠拢了。让我们碰杯吧,兄弟,让我们照从前那样,高唱让我们欢乐吧!①"

两个朋友碰了杯,用深为感动的、地道的俄罗斯嗓音,荒腔走调地唱完那支大学生的歌曲。

"现在你是要到乡下去了,"列日涅夫又开始说,"我想,你在那里是待不长的。我简直无法想象,你靠什么、在什么地方和怎样来结束你的一生……但是,请记住,不论你

---

① 原著中是拉丁文。这是旧时在俄国大学生中流行的一支歌。

发生什么事,你总会有一个地方,有一个窠,可以容身。那就是我的家……你听见没有,老伙计?思想,也有它的老弱病残:它们也该有个养老院。"

罗亭站了起来。

"谢谢你,兄弟,"他继续说,"谢谢!我不会忘记你的好意。只是我不配住养老院。我浪费了我的生命,没有好好地为我的思想出力……"

"别说啦!"列日涅夫继续说,"每个人生来是什么样,是不会变的,不能强求嘛!你曾自称是'永远流浪的犹太人'①,可你怎么知道,也许你就该这样永远流浪,也许你这样做是在完成你自己都不知道的崇高使命。民间的智者说得有理:我们的一切都由上帝做主……你要走?"列日涅夫看罗亭要拿起帽子,继续说,"你不在这里过夜?"

"我要走了!别了。谢谢……我是不会有好结局的。"

"这只有上帝知道……你一定要走?"

"我要走了。别了。不要记着我的坏处。"

"好,你也别记我的坏处……别忘了我对你说的话。

---

① 永远流浪的犹太人是古代传说中的主人公。传说耶稣被带去钉十字架时,一个木匠把他从自己家里赶出来,不让他休息,因此被罚永远流浪。

别了……"

两个朋友拥抱了。罗亭很快地走了出去。

列日涅夫久久地在室内来回走着,后来在窗前站下,沉思了一会儿,低声说:"可怜的人!"便在桌旁坐下,开始给妻子写信。

但是外面却起风了,风声不祥地哀号着,重重地、凶狠地打得窗玻璃作响。漫长的秋夜来临了。在这样的夜晚,能安然坐在自家的屋顶下,有一个温暖的角落的人,是幸福的……愿上帝保佑天下无家可归的流浪者!

* * *

一八四八年六月二十六日的炎热的正午,在巴黎,"国民工场"工人们的起义几乎就要被镇压下去,①一营主力军占领了圣安东尼郊区②一条窄巷里的街垒。几发炮弹已经把街垒击毁;幸存的保卫者放弃了街垒,只顾逃命。这时,

---

① 法国二月革命后,资产阶级临时政府反对工人阶级继续革命的要求,并颁布封闭"国民工场"的挑衅性法令,激起群众强烈不满。六月二十三日,巴黎工人举行起义。约四万五千名起义者筑起六百座街垒,同敌人展开四天的浴血战斗,最后被镇压。六月二十六日是起义的最后一天。
② 起义的中心。

在街垒顶上一辆翻倒的公共马车的被压坏的车身上，突然出现了一个身穿旧常礼服的高大的汉子，他腰里束一条红腰带，蓬乱的花白头上戴着草帽。他一手持一面红旗，另一只手握着一把钝刃的弯马刀，用尖细的嗓音紧张地叫喊着，一边爬上街垒，一边挥动着旗帜和马刀。一名万塞讷的步兵①瞄准了他，放了一枪……那个高大汉子手里的旗子落了下来，接着，他像一只口袋似的脸冲下倒了下来，好像朝什么人下跪似的……子弹正射穿了他的心脏。

"瞧！"一个正在逃跑的武装起义者对另一个说，"一个波兰人被打死了。"②

"该死！"另一个回答说，两人便冲进屋子的地窖。这座房子的百叶窗都关着，墙上弹痕累累。

这个"波兰人"就是——德米特里·罗亭。

---

① 万塞讷的步兵是政府军，在巴黎郊区万塞讷的军事步兵学校受过军训。
② 他们叫罗亭为波兰人，因为参加一八三〇年波兰起义的侨居法国的波兰人参加了一八四八年的革命。

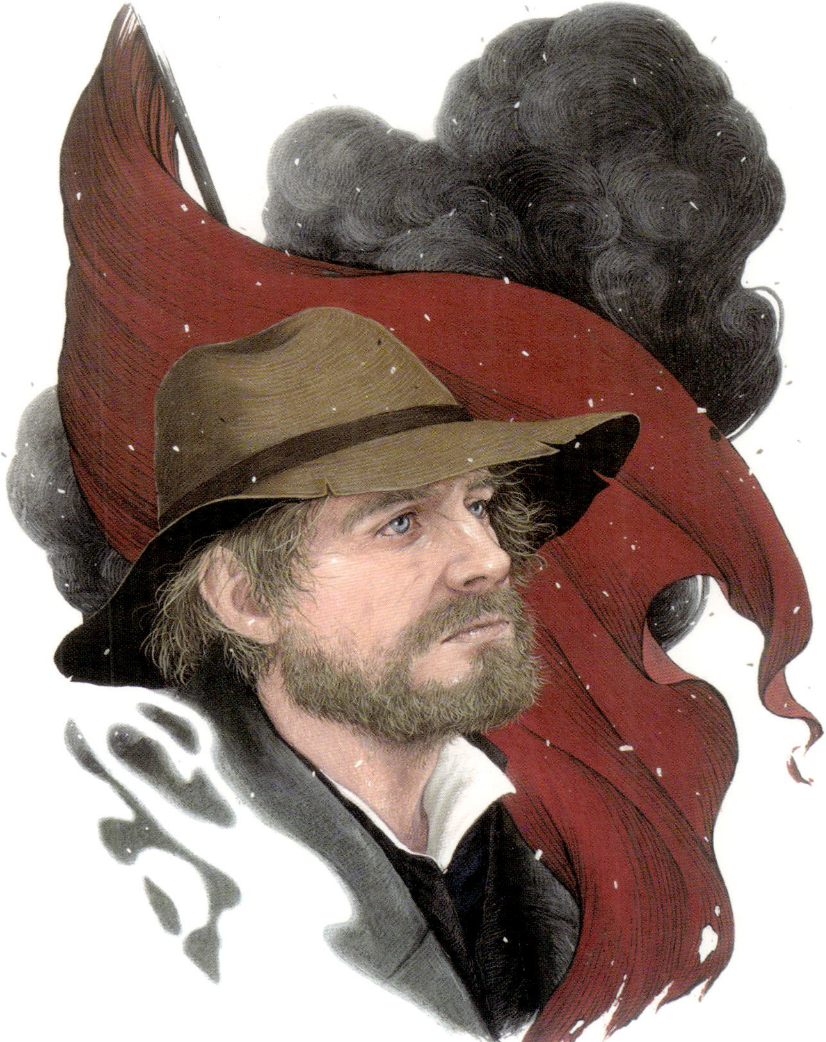